让心尝鲜

叶 康 著

上海大学出版社

图书在版编目（CIP）数据

让心尝鲜/叶康著.—上海：上海大学出版社，2020.8
ISBN 978-7-5671-3911-4

Ⅰ.①让… Ⅱ.①叶… Ⅲ.①游记—作品集—中国—当代 Ⅳ.①I267.4

中国版本图书馆CIP数据核字（2020）第122913号

责任编辑　黄晓彦　邹亚楠
封面设计　缪炎栩
技术编辑　金　鑫　钱宇坤

书名：让心尝鲜
作者：叶康

出版发行：上海大学出版社
地　址：上海市上大路99号（邮政编码200444）
网　址：http://www.shupress.cn
发行热线：021-66135112
出版人：戴骏豪
印刷：上海华业装璜印刷厂有限公司
经销：各地新华书店
开本：889×1194 1/32
印张：5
版次：2020年8月第1版
印次：2020年8月第1次
书　号：ISBN 978-7-5671-3911-4/I·600
定价：39.00元

版权所有　侵权必究
如发现本书有印装质量问题请与印刷厂质量科联系
联系电话：021-56475919

序

叶康的《让心尝鲜》耐读,是本颇有新意的域外游记。

立意有深度。

从"前言"中,我们可以看到作者写本书不单有"全球"意识,还有"宇宙"意识。他分别从地球是"圆"的、"斜"的、"联"的等角度阐述了走出国门旅游产生的新鲜滋味。

地球是圆的。人朝一个方向前行能环绕地球一周,能见识各种稀有的事物,这让人感到光彩鲜明。地球是斜的。地球公转自西向东,又绕地轴自转,并呈倾斜状态,于是,地球上有了春、夏、秋、冬的四季轮换,有了黑夜、白天的不断更替,风景丰富多样,走走看看,让人感到新奇鲜美。地球是联的。古今中外,人都走动交往、交流促进,何况互联网时代虚拟网络和真实世界连通,这让人感到生机鲜活。新鲜的深度在于作者用科学家的话明示"人类不断在寻找宜居的太阳系外的行星,因为人类不可能永远居住在这一个地球上";"国外和我们中国都有自己的探测太阳系外行星的项目,并有进展。旅游会有目前意料不到的新空间,这是人类文明的进步"。可见,人们通过旅游能更真切地体认别样生活方式的前景远大。

结构有开拓。

一般游记的结构以时间或空间为序展开,读者易身临其境,但显得老套。

从本书结构看,全书按内容组成方式分为风貌勾勒、片断扫描、镜头聚焦、人性展示。风貌勾勒部分简洁地反映所访所游地的概况、特色;片断扫描部分是对行程中相对独立的事件的叙述;镜头聚焦部分是对某个特定国家标志性景点的描绘；人性展示部分是凸显不同国家"人"的掠影，不同国籍、不同文明的人有个性，也有共性。这样安排显出新意，有所开拓。

从"篇"的结构看，篇名与文中的小标题互为呼应，内容构造紧凑。如《法国之宝》中的小标题为"尼斯城：度假宝地""塞纳河：串联宝带""卢浮宫：艺术宝库"等。《"白"说希腊》没设小标题，则采用近义词组"亮白""清白""空白""留白"等发散、拓展有关内容，又能紧扣文题。《多彩多姿的海明威故居》则用总分式在导语部分写道："来此拜访，可从多彩多姿的故居，感受到他有滋味、有爱心、有活力的非凡、丰富人生。"与正文中小标题"有滋味""有爱心""有活力"照应。

语言有亮色。

本书的语言精炼、清新，可思索咀嚼。

一是精炼。如风貌勾勒部分写到欧洲的"净""静""精"，谐音给人留下了深刻的印象。《"车水马龙"说韩国》一文标题中的"车"指韩国造的现代牌轿车，"水"指治理好的汉江，"马"指当时该国"马不停蹄"的经济，"龙"指龙头岩，也喻作为四小龙之一的韩国。这些都明晰地概括了文中相关的内容。

二是清新。如写英国的游记《"大公园"里迷人处》，先发问："草坪撩人？草坪有什么花头？是的，草坪确实没有花头，有花头成花圃了。可英国的草坪多讨人喜欢啊。"具体写喜欢："草坡起伏着向远处延伸，直至天际线，可谓接天'青草'无穷碧。在明媚阳光、湛蓝天色、浓郁树林、清澈湖水的映衬下，整个草坪宽广、亮堂、丰饶、蕴实，气势不凡。从细处看，草儿简直都一样大小、柔嫩、疏密，没有一点儿杂色异样；从整体看，一片片草坪像翡翠绿得透亮、像羊绒毯绿得温馨、像大海绿得醉人，你忍不住要投入、去拥抱、轻吻……"如此撩人。

三是可思索咀嚼。如《俄罗斯文化艺术的精品》一文中，提到彼得大帝的多尊塑像后写道："人们在想到底哪一个塑像更像彼得大帝，他对俄罗斯有怎样的影响。"这些问题，促人思考。《法国之宝》一文中写到了《蒙娜丽莎》油画、断臂维纳斯雕像和胜利女神石雕三件杰作的观赏场景：《蒙娜丽莎》油画前被好几层游客围住了，个头矮的参观者几乎没法走近；断臂维纳斯雕像下观看者也不少；胜利女神石雕前则没有围观者。于是作者写道："比较一下这三件杰作,一是没有手脚和下身的,一是没有双臂的,一是没有头的,而'没有头'的受众就少,为何?"这很有意思,要想象挖掘吧。《新加坡过眼录》一文的结尾:"那雄健、严峻的狮头和柔软活跃的鱼身有机地结合在一起……这不贴切地凸显了新加坡刚柔相济立国方略的善治吗?"此问让人寻思咀嚼。读而思显然就耐读了。

  书中还有些细节描写、情节处理颇为精彩;照片大多能紧扣内容,观赏性强,增添了新鲜感,更为引人入胜。

钱乃荣
于上海土山湾畔听雨阁
2019年9月30日

前言

旅游，让我们的"心"尝鲜。那是在地球之类的星球上，发现、体验、观赏健康美妙的事物、场景、风光。

为何旅游能满足人们喜新爱鲜的需求呢？

地球是圆的。

我们在地球上看到的地面不是平的吗？这是一种视觉错觉，因为肉眼能见的距离很有限。当你看远处的物体时觉得它很小，其实它的体积并没改变。如果你能看到无限远，你会发现地球作为球形确实是圆的；站在高处瞭望大洋与天空的连接线是带弧形的。人朝一个方向前行能环绕地球一周，能见识各种稀有的事物，这让人感到光彩鲜明。

地球是斜的。

地球公转自西向东，它绕太阳公转的轨道平面被称为黄道面。地球又绕地轴自转，并呈倾斜状态，地轴北极始终指向北极星附近。地球轨道公转的形状是椭圆形，地轴与黄道面始终保持约66.5°的倾斜角，地球公转周期为一年。于是，地球上有了黑夜、白天，有了一年四季，春、夏、秋、冬的风景丰富多样，走走看看，这让人感到新奇鲜美。

地球是联的。

山山水水即使看上去被隔断、分离，但都在地球上，其实是连接在一起的。生活在地球上的人，尽管种族不同、性别不同、文明不同、文化不同，但既然人类居住在同一地球村，就必然有相同、相通的人性，都有对新鲜美好事物的向往。其实脱离了"动物界"的人都走动交往、交友、交流。而互联网时代虚拟网络和真实世界连通连接，拓宽了空间，远在"天边"的可以近在"眼前"，这让人感到生机鲜活。

何况，地球之外还有"地球"。

南京大学天文与空间科学学院院长周济林告诉我们：人类不断在寻找宜居的太阳系外的行星，因为人类不可能永远居住在这一个地球上。国外和我们中国都有自己的探测太阳系外行星的项目，并有进展。这"是造物者之无尽藏也"（苏轼《赤壁赋》），旅游会有意料不到的新空间，可谓人类文明的进步、文明的可贵、文明的魅力，当然也会更让人感到惊叹鲜亮。

习近平总书记指出，文明因多样而交流，因交流而互鉴，因互鉴而发展。这样的背景下，和而不同、交流互融，"美美与共、天下大同"，可助推构建人类命运共同体的实践。人们通过旅游，能更真切地体认不同文明中别样的生活方式，"鲜"量无限。因为"陌生化"能激发"尝鲜"欲，在异国、异处有安全保障的条件下，体验当地的生活方式、语言习俗、气候生态等，就易形成一种多元和宽容的价值观念。即使是陌生人，只要相互理解和相互尊重，就可以避免偏狭和固执，人心就会在姹紫嫣红的多样化文明滋养中自然开朗。

全书收录了本人多年来撰写的41篇国外游记，粗疏地分为风貌勾勒、片断扫描、镜头聚焦、人性展示四部分。部分篇章曾发表，本书收录时作了一定的修改。风貌勾勒部分是简洁地反映所访所游地的概况、特色；片断扫描部分是对行程中相对独立的事件的叙述；镜头聚焦部分是对某个特定国家标志性景区的描绘；人情展示部分是凸显不同国籍、不同文明的既有个性也有共性的人。

不尝不知道，品尝味更妙。本书力图言之有物地表达走出国门让心尝鲜的体验，让心眼明、让心胸广、让心花开，以便与众多朋友交流，以调节闲情逸志、修身养性、提升品位，为文明互鉴贡献正能量。

目 录

风貌勾勒

净•静•精/3

意大利掠影/7

"欧洲小虎"爱尔兰/11

摩纳哥:不可错过的旅游地/14

文莱观感/18

新加坡过眼录/21

梵蒂冈在意大利罗马/23

塞班风情/26

片断扫描

浏览莫斯科红场/31

游走下龙湾/36

与鸽子亲密接触/39

参观《波茨坦公告》签署地/41

尼亚加拉瀑布面面观/43

巴黎有个"卢森堡公园"/47

土耳其:从教堂到博物馆/50

黑风洞:奇特的阶梯洞穴/53

"转舞"冰激凌/56

登临狮子岩/58

阿勇河玩漂流/60

徜徉罗博河/63

来自打洛的掌声/66

在迈阿密的"小哈瓦那"/68

镜头聚焦

俄罗斯文化艺术的精品/73
法国之宝/80
"大公园"里迷人处/86
大洋彼岸别样景/91
登高望远开眼界/99
"车水马龙"说韩国/102
它们只在德国/105
"白"说希腊/109
柬埔寨的稀奇物/113
在泰国的困惑/116

人性展示

造访俄罗斯东部海滨城市/121
多彩多姿的海明威故居/124
德国的环保行动/129
守规矩已成习惯/131
日本人精于危机管理/134
乘法国TGV高速列车/136
"爱"司机好逗/139
暹粒之伪自助游/142
"一米线"的遭遇/145

后　　记/147

风貌勾勒

净·静·精

欧洲的林林总总早有所闻，但"百闻不如一见"，亲身到欧洲诸国走一走，看一看，才有了直接的感受。欧洲的"净""静""精"给我留下了深刻的印象。

"净"

在欧洲没有开水喝，这一是让中国人不理解，二是让中国人不习惯。我们到了荷兰的阿姆斯特丹机场要转机去罗马，导游就关照我们这里的水龙头开出来的水都可饮用。罗马的自来水意大利人也直接饮用，但中国人可能不习惯，他建议我们在荷兰多装些自来水。我喝了两口这里的自来水，清冽无味。欧洲人从小到大随时随地就喝这水，用它煮热咖啡，所以也就没喝开水的习惯了。当然，对水质的监控、管理也是严格的。城市内河道的水不见得很透明，但水面没有任何漂浮物，街道路面几乎见

干净的城区

不到一点杂物。街头的咖啡馆都在街面上摆开桌椅,河道边也有座位,让人们尽情享受纯净的空气、明媚的阳光。空气质量不好,人们怎能悠闲、放心地在露天场地吃蛋糕、品咖啡?事实上,当地政府也确实采取了很多措施来保护环境,诸如植树种草、建造屋顶花园等;禁止吸烟的措施就够有力的:假如有人违反规定在室内抽烟,罚款不是几个欧元的小数目,而要把清扫整个房间或楼面使空气质量达标的全部费用计算在内。

"静"

如果说"干净"能养眼的话,那么"安静"就可养心了。

城内外大小马路上,车水马龙,秩序井然。在罗马,我发现除了十字路口有红绿灯外,人行道两头与人行道交接处的铁杆上有供行人控制红绿灯的按钮,行人急着要过马路可用灯光向来往车辆示意,避免司机紧急刹车或急按喇叭。所以马路上悄无声息。人口聚集的场馆,如卢浮宫、凡尔赛宫里人头攒动,但除了讲解员的讲解声、相机的"咔嚓"声,没有其他杂音。公共场合无人大声喧哗。那天早晨,我们从米兰出发,往大巴上

安静的市区

装行李时把行李仓门打开了,由于路面不宽这一下把后面几辆正开过来的轿车、摩托车堵住了。我们看到轿车里的老外没鸣笛,而是走到大巴的司机旁进行"沟通",我们的司机连连打招呼,可那几个老外还是叽里咕噜说了一通。导游示意我们动作快点,司机一面忙着安置行李,一面向那几个老外解释。等我们放好东西坐定,能听懂外语的导游说:老外与司机吵了一架,因为他们急着上班,怪大巴停得不是地方。"吵"完了,没事了。啊,吵架?"对,这就是欧洲人吵架。"导游肯定地说。我们愣了。在国内,碰到这种事吵架还不脸红脖子粗地扯大嗓门,怎么轻声细语地几句话就搞定了?这大概就是绅士风度吧。

"精"

更让人赏心悦目的风光是欧洲的"精致"了。

梵蒂冈圣彼得大教堂里十几米高的巨幅"油画"刻画了圣经故事中的"人物",细腻、逼真,可谁会想到这完全是用马赛克拼贴的。我曾走到离这些作品只有一拳之隔的地方仔细端详,也看不出用马赛克拼贴的痕迹。同样,意大利圣马可广场上的教堂、佛罗伦萨的圣母之花教堂、米兰大教堂的外墙饰面的色彩搭配、花纹刻制的精细也堪称功力。法国尼斯的蔚

精彩的展馆

精美的欧制玻璃品

蓝海岸的"沙滩"是用鹅卵石铺成的,人站着、躺着的感觉几乎与沙滩别无二致。玻璃工人人工吹出的琳琅满目的吊灯、器皿,街心花园中精雕细刻的塑像,普通马路旁鲜艳夺目的花卉盆栽都体现出精美的工艺、精妙的匠心。即便是旅馆公共部位如走廊的布置也相当考究:地上铺着色调典雅的地毯,墙上装有造型别致的壁灯、挂着镶着镜框的油画……让人无论走到哪儿都有个好心情,可以"养神"了。

当然,"养神"时还应好好思考、冷静分析:当年欧州人是"学"了中国的四大发明的;今天,我们也该反思,向他们学点什么、做点什么,同时也要注意不能停留在"印象"层,要有所取舍、消化吸收才能真正长我们自己的精、气、神。

(原刊于《自仪股份》2009年3月20日)

意大利掠影

意大利为欧洲四大经济体之一，是欧盟的创始成员国、申根公约的成员国。截至2019年7月，它拥有55个联合国教科文组织批准列入的世界遗产，在数量上与中国并列第一。

我们在荷兰阿姆斯特丹转机首先来到意大利首都罗马——那是在台伯河下游平原地的七座小山丘上的一大片地区。罗马城历史悠久，城区的建筑显得陈旧，但风格鲜明。居住建筑有内庭式住宅、内庭式与围柱式院相结合的住宅，还有四五层公寓式住宅。它们的主要特征为墙壁厚实、

罗马斗兽场

米开朗基罗广场

窗口窄小、拱顶半圆，还有逐层挑出的门框装饰和高大的塔楼。

大巴把我们带到斗兽竞技场。现在的罗马斗兽场只剩下一些残垣断壁，但它却是古罗马历史的表征。我们只能想象当年在奴隶主们的嬉笑呼叫声中，奴隶们被逼打斗撕杀的血腥场面。斗兽场从外观看，呈正圆形；从上往下看，为椭圆形。斗兽场的围墙共分四层，前三层均有柱式装饰，依次为多立克柱式、爱奥尼柱式、科林斯柱式。有数据说该场地有2万多平方米，5万个座位，场中有近5000平方米的人兽搏杀战场。为了避免野兽伤及观众，设计者将斗兽地安置在看台12米外，还将底部三层修建为拱廊式的门洞。一旦发生灾祸意外，场中的几万名观众可以从各个门洞迅速撤离。

佛罗伦萨在意大利语中意为"鲜花之城"，它位于阿诺河谷的一块平川上，四周丘陵环抱。文艺复兴的概念就在佛罗伦萨产生。作为欧洲文艺复兴时期的文化中心，佛罗伦萨留下了数不胜数的历史珍品。米开朗基罗广场上健硕、雄壮的雕塑就很吸睛，邻近城市比萨的比萨斜塔也是重要的浏览景点。

比萨斜塔位于意大利托斯卡纳省比萨城北面的奇迹广场上。斜塔建于1173年，是比萨城大教堂的独立式钟楼，从地基到塔顶高58.36米，1174年首次发现倾斜。面对乳白色大理石砌成的斜塔,自然想到了举世闻名的科学家伽利略在此做"两个铅球同时落地"实验的情景。他显然看中了此塔之"斜"所造成的特有空间。此实验推翻了亚里士多德"物体下落速度和质量成正比"的学说，纠正了持续1900多年之久的错误结论。于是，高大宏伟、斜而不倒的比萨斜塔被誉为现代科学之父伽利略的纪念碑,可见其不同凡响。

　　维罗纳市中心香草广场附近有莎士比亚名著《罗密欧与朱丽叶》中女主角朱丽叶的居所。热纳亚是哥伦布故乡，看到那艘多桅杆的帆船自然会联想到哥伦布飘洋过海的壮举。

比萨斜塔

还有几处名城不能不去。

威尼斯,由118个人工岛屿和临近的一个人工半岛组成,只有西北角一条长堤与大陆相通,有"水城""百岛城"之称。全城有117条纵横交错的大小河道,靠400多座桥梁把它们连结起来。城内没有汽车和自行车,也不见红绿交通灯,交通工具是叫"贡多拉"的小艇,就当"公共汽车"。一般每艘能坐几个人。撑船的男士穿着考究,雪白的衬衫、笔挺的西裤、黑亮的皮鞋,见了我们中国男性游客,用"你好"打招呼,让我们感到了亲切。可船一开,他却说"不许动",说得挺认真,面容古板,我们反而感到如囚犯似的不自在,游兴也没了。午餐时,我们选了比较僻静的有天棚的街边餐厅,几个全副武装的警察就在我们身边转悠,这怎么能品出美味来?

时尚之都米兰是意大利的经济及工业重心。我们8月份来此,市区中热闹地段都闭门谢客,空荡荡的,当地居民大都外出休假去了,我们只能去米兰大教堂看一看其造型别致的外景。

来意大利只是浮光掠影。有兴味的景点不少,即便夹杂些扫兴,但意大利毕竟人文底蕴深厚,收获还是主要的。

"欧洲小虎"爱尔兰

爱尔兰西临大西洋,东靠爱尔兰海,与英国隔海相望。全国绿树碧草覆盖、河流纵横、气候温和,被称为"翡翠岛国"。它是世界上经济发展速度很快的国家,有"欧洲小虎"之美誉。

旅游团队安排到爱尔兰的时间只有三天,除了路程用时,去景区的时间也就是两天多。

我们先到达的是比尔城堡,据说它具有近400年的历史,是爱尔兰最大的私人城堡。城堡的主人帕逊家族发明的当时世界上最大的天文望远镜,如一栋大洋房赫然陈列在庄园中。有意思的是庄园中长着许多从中国

宝尔势格庄园中的水池

凤凰公园内十字架

移植过来的植物。

　　莫赫悬崖，令人向往。可我们到达景区时碰上了大风。我们所乘的大巴被风吹得晃动起来，着急先下车的几位"驴友"的帽子一下就被吹得不见踪影。景区管理人员要求所有的人快撤。无奈，千里迢迢赶来的我们只能与这230米高、绵延8千米长的海边悬崖"拜拜"了。

　　该国首都都柏林游览点很能体现爱尔兰的风貌。宝尔势格庄园是在18世纪20年代由100个工人历经12年建造而成的当地最美的私家园林。这里场面开阔，梯田、水池名声在外。那水池周围工艺精湛的铁器随处可见，意大利雕塑和意大利式坡道错落有致。

　　坐落在市中心的凤凰公园占地约7平方千米，到那儿的感觉十分空旷，可拍照的只有那高高耸立的十字架了。

　　要去健力士黑啤展览馆，开始我兴趣并不大，可到了那幢8层高的芝加哥风格的建筑内，感觉完全不一样了。作为健力士综合体系的一个新中心，它系统地介绍了健力士的企业文化：有健力士黑啤广告展，有招贴画、音像制品，有现场展示健力士黑啤的酿造过程，有可以品尝纯正的黑啤的酒吧等。在楼顶,人们可以俯瞰市区,眺望大西洋。

我对圣三一学院图书馆很感兴趣。圣三一这所学院由伊丽莎白一世在1952年下令创建,在学术界与英国的剑桥大学、牛津大学齐名。图书馆收藏了圣三一学院最古老的图书,其中许多是爱尔兰的国宝。馆内最引人注目的是整齐成排、从地面到天花板顶高的书架,上面摆满了装帧精致的书。旁边有梯子可登,到高处找书、看书相当方便,只是你要肯攀登。肃穆、神圣、庄重的气氛弥漫其间。出了图书馆,那场景还浮现在我眼前,值得回味咀嚼的东西不少。

爱尔兰与中国关系良好、平稳。爱尔兰人热情健谈,我们在那儿逗留的时间很短,但感觉颇为亲切。

圣三一学院图书馆

摩纳哥：不可错过的旅游地

摩纳哥公国是位于欧洲的一个城邦国家，也是仅次于梵蒂冈的世界第二小的国家，总面积约2平方千米。它地处法国南部，除了靠地中海的南部海岸线之外，全境北、西、东三面紧邻法国。摩纳哥主要是由摩纳哥旧城和之后建立起来的周围地区组成。

摩纳哥如此微型，为何说是不可错过的旅游地？

依山傍海颜值高。摩纳哥南面为一片湛蓝的地中海，海岸线长3.83千米，视野广阔；其国土主要为丘陵山地，平均海拔不足500米。酒店、俱乐部和其他各类建筑依山势而立，随起伏的山形显露出高楼豪宅的规模和气派。背山观海或背海观山，你不会觉得所在的是个小国度。

摩纳哥依山傍海

14

高档游艇码头

温和舒适气候好。摩纳哥属亚热带地中海气候，夏季干燥凉爽，冬季潮湿温暖。年均气温为16℃，年均降水量为500－600毫米，花草树木生长旺盛，一年四季人的体感相当舒服。

经济发达福利多。摩纳哥经济主要以博彩、旅游和银行业为主，该国在服务业和小型的、高附加值的、无污染工业的多种经营上取得了成功。其国民的生活水准很高，与邻国法国的大都市大体相当。该国为世界人均收入最高的国家之一，而无需缴纳个人所得税的制度吸引了大量其他欧洲国家的富裕又想避税的移民。摩纳哥主要的收入来源之一是旅游业，摩纳哥的地理环境和舒适气候吸引着众多游客纷至沓来。在王宫广场的围栏上了望，赫库勒斯港内银白的邮轮、豪华游艇星罗棋布；交通要道上亮丽的法拉利、保时捷呼啸而过。摩纳哥政府规定了每个餐厅都要提供平价的工作日午市工作套餐，专门给在那干活的人，即使当地有名的餐厅也会提供，人均在15—20欧元。当然，也应看到高福利对人的责任感、进取心的磨损，高福利也有其"陷阱"。热捧的同时也要有冷思考。

时髦跑车

最重要的是其时尚、奢华、感觉潮。良好的地理环境和气候条件带来了好景观，国土虽小但景点集中，游玩的效率就高。时尚行业都趋向于经济发达、人口集中之地。好奇、猎奇心也驱使人来此享受那些时尚、刺激的大型活动。

1974年，摩纳哥王子兰尼埃三世创立蒙特卡洛国际马戏节，此后每年一月都会举办这项活动。如今，它已成为全球最富盛名且规模最宏大的马戏盛事。来自五大洲的马戏英豪们都会借此机会精彩亮相。作为马戏艺术的盛大舞台，成千上万各个年龄段的专业人士和马戏爱好者对此翘首企盼。

1929年以来，摩纳哥大奖赛每年举办一次，被称为"一级方程式皇冠之上的明珠"。世界上独一无二的超级跑车秀于每年四月，在蒙特卡洛的格里马尔迪会议中心举办。超跑爱好者对那百万座驾最狂野的梦想，就在摩纳哥年度奢侈跑车展上实现了。粉丝们能在F1大奖赛巡回赛道上驾着他们心爱的跑车，品尝职业赛车手的快感。

从1991年开始，摩纳哥游艇展以其强大的船艇阵容和全面的海事设备，已成为业内专家和顶级富豪们追求的年度盛会，是世界唯一每年都举行的专业超豪华游艇展。

自2003年摩纳哥国际电影节开办以来，电影节以其新鲜的视角吸引了全世界媒体的高度关注，成为当今全球唯一的集非暴力、娱乐性和电影品质于一身的国际性电影节。

　　1954年,摩纳哥玫瑰舞会在摩纳哥王妃格蕾丝·凯利的一手策划下推出,所得善款全部用在艺术、儿童及医疗救助方面。有人说,"没去过摩纳哥皇室玫瑰舞会的人,不足以论名门"。如今玫瑰舞会已经成为摩纳哥王室每年最盛大的舞会,鉴于格蕾丝王妃的传奇,玫瑰舞会总与艺术、时尚紧密携手。舞会每次都会邀请时尚圈大佬,赋予不同变化的主题,不断产生牵动力。

　　由此可知摩纳哥成为不少游客打卡之地的理由了吧。

文莱观感

文莱是富国早有所闻，实地体验后，颇有感慨。

文莱全称为文莱达鲁萨兰国，古称渤泥，在马来语中有"和平之邦"之意。它位于亚洲的东南部加里曼丹岛北部，北临中国南海，面积为5765平方千米，是新加坡国土面积的8倍，比上海总面积还小，人口约42万。其为东南亚第三大石油生产国和世界第四大天然气生产国。石油和天然气的生产和出口是文莱的经济命脉，人均国内生产总值达3.16万美元。

到文莱后，我们入住帝国酒店。进了大堂，看到那两三人合抱的立柱、华丽的吊灯——你就能感受到它的奢华非同一般。其整体规模、设施奢华程度堪称王宫级别，也有人说是迪拜式的。这座豪华酒店曾被评为"亚洲最富丽豪华的度假村"。酒店始建于1988年，于2000年招待参加当年亚太经合组织会议的各国元首。为了收回建造成本，举办会议后迅速转型成为了一家规模庞大的度假村。如今大堂悬挂着现任苏丹和王后的照片，照片框和镜框用纯金制成。大堂休息区使用的茶壶、托盘和汤匙都

帝国酒店大堂入口

帝国酒店濒临海边

用纯银打造。酒店现有的360间客房的浴室面积都比一般五星级酒店的大一倍,洗手间水龙头配件是镀金的,房间的茶杯匙和冰桶则为纯银的。客房内的所有床上用品都由意大利工匠手工缝制,房间内所有的地毯都是新西兰手工羊毛地毯,手感细腻。这些都是离开酒店后,导游才告诉我们的。酒店内楼多地广,你如要从A处到B处,只要打电话给礼宾部叫车,5分钟内就会有一辆电瓶车及时来恭候你调遣。

在城区游览,发现私家车多,没有"的士",没有公车,公共设施很一般。可能是人口少,商店里相当冷清。首都斯里巴加湾最大的商场,也只是一栋陈旧的五层楼,大量铺面空着。

要全面了解文莱,当然要去"水村"。穿过市区的文莱河在市中心形成了一个水面宽阔的河湾,有数十个聚落住宅群,这些"群"由木头搭建的通行栈道相连,形成一个个相对独立的整体。据说由3000多栋房屋组成的40个"水村",目前有大约3万居民,约占文莱人口的10%。"水村"人日常的交通靠被称为"飞驰棺材"的快艇来解决。因为快艇没有速度限制,即使穿过桥桩时也不减速,游客会心惊肉跳,而水村的"常客"早已见怪不怪了。与柬埔寨沿河筑成的破落村落比,这里的"水村"要整齐、干净多了,但与该城豪车扎堆区域的楼房建筑比,只能算"平民"乃至"贫民"级别了。

  文莱的大部分财富属于苏丹王室,普通国民并不富裕。这里也看不到有何大企业或大公司。他们的经济收入主要依靠石油与天然气,产业结构较为单一,生产力也不能说发达。不知如果没有了石油天然气,他们怎么办?

新加坡过眼录

我们一家从上海浦东机场出发,经香港转机,来到新加坡。下了飞机进入候机大厅,第一印象是这里亮丽、整洁。指示牌上的文字灯光、各种设施墙面的色块、地毯的花纹、植物盆栽的色彩都鲜艳夺目。过了海关到宾馆,已入夜。我们住的海逸酒店的每个楼层窗台上都亮现出或红、或黄、或蓝的灯光。尽管彩灯并没把大楼的细部勾勒出来,但恰到好处地描摹出酒店形态的雅致和温馨。

第二天进市中心游览,新加坡作为世界级花园城市的风貌一一展现,两千多种植物在此开放、生长。城中人行道两旁树木郁郁葱葱,街区花坛、微型公园比比皆是,桥上墙上攀缘植物挨挨挤挤。绿化装饰既在平面各方延伸,也向垂直空间拓展,把家庭、公园、水体、路桥、商务、政务等各类建筑连为一体,把寸土寸金的新加坡全国串联成绿色网络。除了地理位置靠近赤道的自然条件利于植物茁壮生长外,该国政府重视"绿化"也很关键。据说,该国的"绿化"不但有战略性规划和实施性计划,还有法律条文的保障。

有一条街面的空中布满了五彩缤纷的气球。地陪导游说,这条街上有各种宗教场所,佛教的寺庙、基督教的教堂、伊斯兰教的清真寺等。各种肤色的人络绎不绝,和睦相处,新加坡对各种宗教一视同仁。马路上的车辆密度不比上海交通高峰时低,但川流不息,相当通畅。因为这里的陆路交通管理局通过招标,开发出了电子收费管理系统,能及时引导各种车辆错开高峰,选择合理时间和路段行车。

路过湛蓝的海边,看到路旁方形的帐篷,发现是吃烧烤的场所。这不免让人想起国内某些吃烧烤处烟雾缭绕、污水脏物满地的场景,而这里这么干净。因为新加坡对此实行许可证制度。当地法律规定公共场所随意乱扔杂物的初犯者就要罚款1000新元,按当前汇率算相当于5000多元人

鱼尾狮身像

民币,最高可罚款约1万元人民币。实物垃圾不能乱扔,"精神垃圾"也不能"扔",新加坡对发"垃圾短信"者也要课以罚金1万新元。法律之严,管理力度之大,可见一斑。

旅游车把我们带到新加坡标志性建筑物鱼尾狮身像旁。我女儿一见就说这造型有创意:那雄健、严峻的狮头和柔软活跃的鱼身有机地整合在一起,整个塑像不是卧姿、蹲姿,而是直立的。这不正贴切地凸显了新加坡刚柔相济立国方略的善治吗?

梵蒂冈在意大利罗马

梵蒂冈是一个独立的主权国家，它处于意大利首都罗马城西北边的梵蒂冈高地上，位于台伯河右岸，可谓"国中国"，国土大致呈三角形。梵蒂冈是天主教以教皇为首的教廷的所在，同时也是世界六分之一人口的信仰中心。当人们来到圣彼得广场，会不由自主地向广场正中央的顶端树立十字架的方柱塔行注目礼；向四面看，就能看到其边境那环城的城墙。它全部国土面积仅0.44平方千米，是世界上面积最小的国家。

梵蒂冈是个文化瑰宝之地。

圣彼得大教堂门口排着长长的游客组成的队伍。如今的这座大教堂是在老圣彼得大教堂的基础上重建的，于1626年落成，改建后的教堂呈文艺复兴式和巴洛克式建筑风格。自1870年以来，主要的宗教活动均在此举行。整栋教堂建筑呈现希腊十字架结构，造型传统而神圣；教堂主体建筑高45.4米，建筑总面积2.3万平方米，最多可容纳6万人，至今仍是世

圣彼得广场

圣彼得大教堂外观

界上最大的教堂。教堂的设计融合了对称美学、透视美学、比例学等原理，具有高度的科学性，外观和谐而庄重，其廊檐上方有以耶稣为中心的11尊雕像，两侧各有一座钟，分别显示格林威治时间与罗马时间。教堂正中有一个米开朗基罗设计的距地面高达137.8米、周长71米的圆形穹顶，其不仅是梵蒂冈城的制高点，也是看罗马城的最高点。教堂设有5个门可以入内，但其右侧的"圣门"每隔25年的圣诞之夜才开启。

我们从中门进入大厅，门口有身穿古代骑士红蓝服装的瑞士侍卫兵。入门的第一感觉是空间极为开阔、气氛肃穆。环视四周，琳琅的艺术珍品令人目不暇接。内部123.4米高的穹顶与183米长的大厅四壁布满了以《圣经》为题材的绘画和雕像，其中不少是名家杰作；正厅尽头的彩窗上有一只翼长1.5米的圣灵信鸽；大厅左边有个通往珍宝馆的入口。教堂总共有百余件艺术瑰宝，其中三件可谓宝中极品：一是《圣殇》，这是米开朗基罗24岁时创作的雕塑，表现圣母怀抱死去儿子的悲伤和对上帝意旨的顺从；二是青铜华盖，由贝尔尼尼雕制，足有5层楼高，华盖前的半圆形栏杆上亮着99盏长明灯,下方则是祭坛和圣彼得的墓;三是贝尔尼尼设计的圣彼得宝座,宝座上方为荣耀龛及象牙饰物的木椅,椅背上有两个小天使,手持开启天国的钥匙和教皇三重冠。

梵蒂冈博物馆位于圣彼得教堂北面,原是教皇宫廷。它所收集的稀世文物和具有历史、科学与文化价值的艺术珍品,堪与伦敦大英博物馆和巴黎卢浮宫媲美。16世纪该博物馆与圣彼得大教堂同时扩建,总面积约5.5万平方米。由于时间有限,我们很遗憾没有进入参观。

据说,每到礼拜天中午12点,教堂钟声响起,教皇现身圣彼得大殿楼顶正中窗口并在教徒和公众面前发表演说。梵蒂冈的瑞士侍卫队每年5月6日在圣达马索院内举行宣誓仪式,诵念五个多世纪来一直不变的誓词,世界各地天主教徒来此圣地礼拜。我们可以想象那虔诚、庄严、拥挤的场面了。

塞班风情

上海冰天雪地、寒风刺骨的时节,你只要乘坐4小时飞机往东南方向飞去,就可来到东濒太平洋、西临菲律宾海、南近关岛的北马里亚纳群岛之塞班岛这个洋溢着热带风情的度假乐园,这里烈日炎炎、暖风熏人。

一入关,你就能与胖胖的、肤色黑黑的从属美国移民局的人员打照面,他们慢条斯理地为每位入境旅客办理相关手续。好在国内导游打过招呼,说这里本地人不管男女体重都在200磅(约合90公斤)以上,不太愿意多走动,节奏慢,又好吃,据说旅客旅行包中的点心、肉干之类总逃不过他们的搜索。打过这样的"预防针",我们也就很耐心地等待他们用自己的方式处理那些该他们处理的事务了。

塞班,用它灿烂的阳光、细腻的沙滩、无边的海洋、婆娑的椰林欢迎来此的每一位旅客。最醉人的当然是那变幻莫测的海洋了。站在塞班全

塔波乔山上眺望

海岸边的"鳄鱼头"

岛最高的山峰——海拔466米的塔波乔山上眺望，不仅能看清该岛全景，还能明晰地目睹来往的各种船只，辨清临近的天宁岛、罗塔尔岛的形态，观赏到层次分明的太平洋洋面。你看，近岸处有一条耀眼的白线，那是防波堤，其内侧的海水一片翠绿，堤外海水呈蔚蓝色，再往外则为宝蓝色，而接近地平线处是钢蓝色。走上山顶可以名副其实进行360°全方位观赏，你会发现目光所见的海洋与天穹交接处并非一条直线，而是略带弧形。地球本来就是一个球体嘛！当地人自傲地说，这里才是世界最高峰。他们的依据是塞班岛东侧即为地球上最深的马里亚纳海沟。如果把珠穆朗玛峰放入此海沟，距离海平面还有2000多米呢。

　　下了山，你能与太平洋海岸零距离接触了。这里有的海岸是陡峭的山崖，例如二战时期占踞塞班的日军失败后跳海的"万岁崖""自杀崖"；有的是形态毕肖的"鳄鱼头"；有的遍布坚硬不平的火山岩，被称为世界五大奇景之一的天然神奇喷洞就在这里；还有的是平缓、黄白的沙滩，如著名的星沙滩上多角型的沙砾就吸引诸多游客驻足玩耍。沙滩上凡是能游泳的地方都用英文、日文、韩文、中文书写着告示，提醒游客注意人身安全，因为这里不设救护人员。而清水喷淋设备倒配置得不少，但规定不能用肥皂、沐浴液等。有鱼的地方也有明文告示，不能钓鱼、不能扔杂物。还有保护鸟类的鸟岛，那只是塞班北部一大块圆鼓鼓的石灰质大岩石。据说，二战前这儿是鸟的栖息地，一打仗，鸟都被吓跑了。战后，此地被列为保护地，让鸟回归，如今有上百种鸟"居住"。现有专人看管，不准游人上岛，违者要罚500美元。

土著姑娘的土风舞

从塞班到天宁，到处树木葱葱，真是天然的花园。道路两旁的草坪修剪得整整齐齐，如熨烫过一般，看不到任何杂物。那天，在天宁皇朝酒店外的地面上有几片落叶，工作人员一发现马上用电动的吸尘设备吸掉了。

塞班环境的适宜也浸润着人情的温馨。当地的查莫罗土著尽管肥胖、不太愿意动，但并不意味着他们不动情、无温情。晚会上，伴随着急骤鼓点，土著姑娘的土风舞让每个游客感受到奔放、热辣。你在酒店内，服务人员会主动热情地向你问候；在景区，当地人会用笑颜示意；在住宅区，我看到一位坐在轮椅上的老汉，他主动向我和其他路过的人招手。这里民风淳朴，如同这里的自然风貌景观那样可亲、可爱、可乐。

（原刊于《自仪股份》2008年3月10日）

片断扫描

浏览莫斯科红场

中俄两国是山水相连的好邻居、守望相助的好朋友、精诚协作的好伙伴。莫斯科红场是俄罗斯首都的中心,俄国人民心中的圣地。在几代中国人的心目中,莫斯科红场久负盛名、刻骨铭心。浏览红场是来到莫斯科的中国游客的必选、首选项目。

红场毗连克里姆林宫,呈不规则的长方形,南北长695米,东西宽130米,总面积约9万平方米,地面是用一块块长方形的黑色鹅卵石铺筑而成的。在古代俄罗斯,红场是贸易集市和重大事情的宣布处;十月社会主义革命时,布尔什维克领导的武装力量从红场攻下了克里姆林宫;十月革命后,红场成为苏联人民举行庆祝活动、集会和阅兵的广场。1941年,德军兵临莫斯科城下,11月7日,苏联人仍在红场照常举行纪念十月革命的盛大阅兵仪式,风雪中受阅部队呼喊着"乌拉"通过红场后直接开赴前线作战,赴汤蹈火。这已成为苏联人民无畏击溃法西斯侵略的经典场景。

红场上的建筑分别是莫斯科大学原址、古姆大百货、圣巴西尔大教堂和克里姆林宫"卫城",这些建筑群分处红场的东西南北。

我们首先要瞻仰的是列宁陵墓。那是红场西面克里姆林宫围墙中段的建筑,它用贵重的大理石、深红色花岗岩和黑灰色拉长石镶嵌,凝重、肃穆。列宁墓一半在地上,一般在地下,墓上为检阅台,两旁为观礼台。我们排着队有序地进入。列宁身上覆盖着苏联的国旗,脸和手都由特制的灯光照着,清晰而安祥,遗体被安放在水晶棺中。顿时,影片《列宁在十月》《列宁在1918》中列宁的形象浮现在眼前。瞻仰队伍中不只有中国人,也有为数不少的讲俄语的年轻人。

列宁陵墓背靠克里姆林宫的城墙下栽有一排四季常青的枞树,那儿为红场墓园。城墙和列宁墓之间整齐排列着半身像的墓碑,碑下埋葬着

红场钟楼

已故苏联共产党和国家的领导人。中国人关注的是"契卡"首脑捷尔任斯基和斯大林的墓地。斯大林的雕像在这里依然完好地保存着,在俄罗斯的其他地方已经很难见到。往后的城墙壁里安放着苏维埃先烈的骨灰盒,盒上镶有他们的姓名、生辰等铜牌。第一次世界大战期间,不少中国人在俄从事劳务工作。一战末期,俄国内爆发"十月革命",许多华工以不同方式加入革命队伍作出了牺牲。苏俄政府在红场专门设置了用俄语拼写着"张""王"两字发音的墓碑,以纪念当时华工所作出的贡献。

克里姆林宫外墙无名烈士墓的圣火燃烧处也是我们必去之地。那儿的平台只有五级台阶,朝北,东西走向;朱红色大理石墓基上筑有红军钢盔和军旗的青铜雕塑。其前凸型的五角星正中设有永不熄灭的明亮火焰口,象征着烈士精神永垂不朽。"圣火"两边设有军人岗亭,两位纯正俄罗斯血统的男性军人挺胸昂头,手持武器站立、守卫着。每小时都有卫兵交接仪式。前来瞻仰者络绎不绝。我不禁想起《钢铁是怎样炼成的》作者奥斯特罗夫斯基的箴言:"人最宝贵的东西是生命,生命属于人只有一次,人的一生应该是这样度过的……"我们亲眼看到有新婚夫妻手捧鲜花虔

克里姆林宫外墙无名烈士墓

诚地来拜揖、献花,据说那是新婚者的"规定动作",还有老母拉着小辈来拜见、献花的,场面令人感动。可见俄罗斯人的爱国情怀。

城墙左右两侧对称耸立着斯巴斯克和尼古拉塔楼,上面日夜闪耀着红星。克里姆林宫通向红场的一座大门上方有一幢10层高的钟楼,顶部为椎体、下部为方体,钟楼上端有个巨大的自鸣钟。这是克里姆林宫以至莫斯科的标识。我们能亲眼目睹,感到有幸。

红场南端是著名的瓦西里·勃拉仁内大教堂,教堂旁的空地成为走出红场的通道。该教堂是为庆祝伊万大帝征服喀山汗国而建。作为俄罗斯东正教堂,它由俄著名建筑师巴尔马和波斯尼设计,不同于欧洲古代的哥特式与罗马式教堂,整体彰显了16世纪俄罗斯民间建筑艺术风格。整个教堂由九座"洋葱头"式塔楼巧妙地组合为一体,中心塔最高,被八个有金色、绿色、黄色和红色等色彩装饰、高低有别的塔楼簇拥着。八个塔楼的正门均朝向中心教堂内的回廊,从任何一个门进去都可一览教堂全貌。教堂外面四周全为走廊和楼梯所绕。教堂内部的殿堂分上下两层,几

古姆国立百货商店玻璃屋顶

乎在所有过道和各小教堂门窗边的空墙上都绘有十六七世纪的壁画。如此精美、庄重的教堂显示了俄罗斯人的宗教情结。

红场东面是莫斯科最大的商业中心"古姆",占地约4.7万平方米,意为"国立百货商店"。1921年列宁下令后建造完成。现在的百货商店是在1893年建的工厂旧址上经1953年改造而成。古姆国立百货商店有三层、三个大拱门。过去这里主要是卖食品、服装等日常用品,现在新增了很多名牌专卖店、纪念品商店。玻璃屋顶的设计使商场更为亮堂。商店内有咖啡厅,三层有餐饮中心。到了这里我就像到了上海淮海路和东北哈尔滨市中心。其实,上海淮海路和哈尔滨的一些商店倒是在模仿"古姆国立百货",此地有正宗的"罗宋面包""罗宋汤"和大红肠等。

红场北侧的马涅什广场上,有一座典型的俄罗斯风格的朱红色建筑物——历史博物馆,馆内收藏有大量反映俄罗斯历史、文化的文献图片和雕刻品等。馆外,身穿军装的朱可夫骑在马上、豪迈地面向前方的塑像巍然屹立。苏联人民对这位英勇机智反击德国法西斯侵略者、建立伟大功勋的苏军元帅怀有深深的敬意。

红场确实是检阅、展示、凝聚俄罗斯精神和实力的最佳场所。

游走下龙湾

1999年6月12日中午,南国的阳光照得人大汗淋漓。我第一次出国门,要进入越南了。导游正在为我们办理相关的出入境手续,趁此空闲,我好奇地打量着我国东兴口岸中越双方的地形地貌。几十米宽的北仑河,水势平缓。河上的友谊桥约百十米长,桥上偶尔有人来往,一切那么祥和。但对我们这些五十来岁的人来说,很难抹去20世纪七八十年代那些记忆,如今要去对岸另一国家,会怎样呢?

"朋友们,你们好!"越南男导游阿山在入境处一个叫芒街的地方微笑着向我们招手打招呼。"你好,导游。"我们也友好地应答,忐忑不安的心放下了一大半。我也有心思仔细地打量着:越方关口建筑的外形与我方的几乎一样都呈长方体、门洞式,中间是汽车道,两旁为人行道。越方边防人员坐在一长溜玻璃柜后的椅子上,悠闲地看着我们鱼贯而入,而我方的边防人员笔挺地站立着。相同的是双方边防人员都不佩带武器。进入越方地盘,戴墨绿色凉帽的越青年人推着摩托车向我们拥过来,示意拉客。我们摇摇头,直接上了导游为我们联系好的空调大客车。

为了赶时间,我们没在瓦街市场逗留,直接驱车去越南鸿基市的下龙湾。窄而多弯的公路远不能与我们国内宽阔平坦的公路相比。我们就如坐在大摇篮里,导游阿山要求我们拉住扶手,提醒我们这里的时间比北京时间晚一个小时,然后就介绍越南的风土人情。我的眼光投向了车窗外:俏如女子的槟榔树、花红如火的凤凰树、硕大的菠萝蜜、浑圆敦实的椰子等。公路旁偶尔能见到大幅的、有工农兵头像的宣传画,但没见到什么商品广告。我们车上的人几乎都注意到越南人住的楼房都是南北方向窄、东西方向长,南北面墙上一般不开窗户。阿山提醒说越南人的住房都是私有的,装饰得如何直接反映其家境的贫富。

客车过了煤矿区,总算见到了火车,不过是窄轨的。一群脸上被弄得黑黑的矿工刚好下班走过，看上去相当疲惫。据说他们的月工资相当于人民币700—800元，他们下班后还要经营一个小杂货铺子，政府一般不干预。阿山说进入下龙湾市区了。在我们看来，这里与边境比只是房子多了点，店铺多了点，摩托车多了点。

下了客车，一股热气直冲我们全身而来，估计37°C左右。餐厅就在海边，可海风吹来并没带来多少凉意。我们急急赶到住宿的桃源宾馆。宾馆内没有中央空调，空调只在客房有。客房内的设备一般，与国内宾馆相比多的是花草摆设。被颠了一天的四肢在床上舒展开来，我再也不想挪动，眼皮耷拉下来也不想睁开了。

犹如公鸡、母鸡的海礁

第二天的行程是重头戏：游下龙湾。下龙湾位于北部湾的西部，离越南首都河内约150千米。1994年下龙湾被联合国教科文组织列为世界遗产。2011年又被评为"世界新七大自然奇观"之一。下龙湾面积1500平方千米，约有600座石林及石笋状的小岛，其物象风光与中国桂林近似，所以有"海上桂林"之说。到了实地，面对碧海、秀峰，确有同感。绿波荡漾的海水托浮着的小岛如钟乳、尖塔、馒头、城墙，也如狗、鸡等动物；远远近近的海礁石浓淡不一，层次分明，单独看如精致的盆景，整体看如水墨画。最具标志性的是那两大块犹如公鸡、母鸡的海礁，如在斗嘴，又如要"亲吻"，很有看点。阿山滔滔不绝地介绍这两座海礁的传说的时候，越南渔民的小舢板缠上了我们乘的游艇。那些渔民拿出雪白的珊瑚、斑斓的海鲜向我们兜售。尽管我们上海人见过世面，常买海产品，可眼前这么多活蹦乱跳的海鲜还真没见过。一问价钱，四脸盆虾、蟹要300元人民币。精明的上海人是不会轻易出手的。我们十来个人连连摆手,示意不能成交。小舢板离开了。过了不多久,小舢板又追上来了,那渔民做手势"250元",我们一听这数字,就摇头了,并对阿山说让我们游艇快离开。阿山马上用越语与渔民沟通。渔民又往每个面盆里放了些虾、蟹,马上降价为"220元",于是成交了。看来,这里没有"铁公鸡",有的是"双赢家"。游艇上有伙房,船工立即动手为我们烹调。"鲜!""好鲜!""确实鲜!"大家赞不绝口。只是越南人不用醋,吃蟹有点不够味。

大概"海上桂林"的特色太鲜明,饱了眼福又饱口福,再进入市区游览时,那低矮的寺庙与没空调、出售煤雕的小商场都引不起我们的兴致了。

离开越南的那天午间又到了芒街。不一会儿,我们几个就被头戴斗笠、手拿玉器要推销的越南男女分割包围了。我们心里默念着"不能再被斩了",手紧捂着口袋、钱包,硬是冲出了"包围圈"。

终于来到了东兴口岸的友谊大桥上,我们个个挺起胸向飘扬着五星红旗的北边走。一群身着鲜艳越南服装的妇女说说笑笑地向南走。从外表看,她们身上背的、手上提的东西比我们带的多得多了。

(原刊于《自仪股份》1999年7月5日、20日)

与鸽子亲密接触

威尼斯的圣马可广场

碧空白云间传来一阵悦耳动听的鸽哨"呼啦拉""啪啪啪"。翻飞的翅膀、矫健的身影,一只只灰的、蓝的、白的鸽子像接待知己、老友似的从天而降,来到你的身旁……

在意大利旅游的日子里,无论是广场、车站,还是公园、饭店,几乎总有鸽子相伴。

最动人的是在威尼斯的圣马可广场。这里空间大、人气旺,广场一角还有乐队演奏。高挑的女指挥风度优雅,悠扬的旋律随着她指挥棒的优美弧线在广场上空飘荡。鸽子祥云似的一群群飞临广场,它们曼妙的舞姿在四棱型尖顶钟楼、五彩缤纷马赛克画装饰的教堂、庄严肃穆的圣徒雕像间闪现。

不管你是在观察、欣赏,抑或是在思考、交谈,可爱的鸽子都会亲近你。它可以在你的脚边、你的手上、你的肩上……它那明亮的眼睛愿与你交流……游人会关切地用面包屑、玉米粒慰劳它,它就不停地低头示意。如果你想抚摸它,它会用张开的翅膀与你沟通;如果你没有小食品了,在你手上、肩上的鸽子就双脚轻轻一纵,给你留下点感觉,飞了。

笑得最欢的是孩子们。广场上有一个可爱的小女孩，名叫贝蒂。小贝蒂虽然还在学走路，但只要见到鸽子在身边，就不由自主地要过去。年轻苗条的妈咪弯下腰、扶着小贝蒂走到正觅食的鸽子旁。小贝蒂热情地伸手要和鸽子亲热，有的鸽子却调皮地走开了，有的俏皮地飞了，小贝蒂小手挥动，似乎想要有对翅膀飞起来。这时帅气的爸爸拿出喂食的面包，鸽子又飞向那位爸爸，小贝蒂也扑向爸爸。他把面包屑小心地放在小贝蒂的头上，这一下，鸽子"呼"地飞到了小贝蒂的头上。小贝蒂欢快、甜蜜地笑了。妈咪机敏地拿出相机抓拍。"咔嚓"，小贝蒂就像是个天使。爸爸又把面包屑放在妈咪头上，鸽子又飞到那位年轻妈咪的头上。"咔嚓"，爸爸也用相机抓拍，那不是胜利女神吗？

　　"咔嚓"声在广场上此起彼伏，与广场音乐会的旋律汇成新的乐章。灿烂的阳光下，人们尽情地享受和鸽子和谐相处的美好时光。抓住瞬间，留下瞬间，于是瞬间就永驻人间。

笑得最欢的是孩子

参观《波茨坦公告》签署地

德国柏林周边有好些著名的景点。《波茨坦公告》签署地塞西林霍夫宫就值得参观。

波茨坦位于柏林市西南郊,坐落于哈韦尔河边,离柏林市区约半小时高速铁路的路程。

1945年7月17日,美、英、苏三国首脑和外长在波茨坦举行会议并通过决议,即《波茨坦公告》或《波茨坦宣言》。公告主要内容是敦促日本无条件投降及履行《开罗宣言》对战后日本的处理方式等。1945年8月14日,日本裕仁天皇宣布接受《波茨坦公告》。

塞西林霍夫宫这座德国末代王储的行宫始建于1912年,于1917年竣工。如今,这座宫殿已经成为波茨坦会议及二战历史纪念馆。

到现场亲眼看到塞西林霍夫宫,与周边的无忧宫、新宫等景点相比

塞西林霍夫宫

宫外的花园

似乎不是个豪华的王宫，在我看来，它就算个大型的英国古典风格的乡村别墅吧。三角形的暗红色坡顶、灰黄色的墙面，连阁楼一共三层，顶层有老虎窗和连排烟囱，临街的墙面上有成排的窗户。"人"字形山墙上有或竖或斜的黑色条纹线。楼体中间有多个并列的拱形大门，有路可通行。一楼有客厅、厨房，楼上有卧室。房屋四面为草木扶疏的精致花园。

进入大门，正面大厅就为波茨坦会议的中心会场。大厅呈四方形，面积约40平方米，大厅中央安置着一张栎木大圆桌（原件），上面摆放着参会的苏、美、英三国国旗。围绕圆桌有三把大扶手椅，即三国首脑的指定座席。三位领导人右侧座位是他们的外交部长或代表的，左侧座位是翻译和大使的。桌布、椅套、地毯均用庄重、肃穆的正红色。就在这个不很宽敞甚至不起眼但安全雅致的场所，从1945年7月17日至8月2日，三国政要讨论打败德国法西斯后，欧洲、亚洲未来的相关会议在此举行了13次。

看到如此场所，想象着那些政要们纵横天下，为世界和平、人类前途苦心操劳，艰辛而豪迈的场景，不禁肃然起敬。

走出大门，花园里鲜花如锦、草地如茵、绿树葱郁，给人视野开阔、静谧祥和之感。这么美好的环境来之不易，而要保卫并发展美好的环境更不容易啊！

尼亚加拉瀑布面面观

"'白云'升起的地方,就是尼亚加拉瀑布。"当司机指着旅游车左前方几千米处说时,我们并不明白,瀑布为何会有"白云"。瀑布,是从山崖边或河床突然下跌处下泻的泉水或河水,因像挂着的白色布幔而得名。我们的旅游车在美国纽约州的平原上奔驰,没看到山脉和河水,怎么凭白云升起就断定是瀑布呢?

我们看了一个关于尼亚加拉瀑布的影片。从影片中得知,"尼亚加拉"在印第安语中意为"雷神之水",号称世界七大奇景之一。此瀑布位于加拿大和美国交界的尼亚加拉河中段。尼亚加拉河是连接伊利湖和安

从加拿大境内看"新娘面纱"和马蹄瀑布

从美国境内看该瀑布

大略湖的一条水道,蜿蜒而曲折,海拔则从174米降至75米,上游河段河面宽两三千米,水面落差仅15米,水流也较缓。从距伊利湖北岸32千米处起河道变窄,水流加速,在一个约呈90°的急转弯处,河道上横亘了一道断崖,水量丰富的尼亚加拉河经此骤然陡落,水势澎湃,声震如雷,也就形成了水雾冒烟似云的现象。同时,瀑布分别流入美国纽约州和加拿大安大略省,形成了大瀑布群:一个瀑布面朝北、高约55米,长超过320米,叫"新娘面纱";另一个瀑布面朝东、高56米,长675米,呈马蹄形,叫"马蹄瀑布"。

在美国境内的瀑布景区叫尼亚加拉公园,这里树木茂盛。循着越来越近的水流声,我们来到尼亚加拉河岸边俯视,这是从伊利湖流入安大略湖河道变窄的长湖的一段,从西冲过来的瀑布水翻滚腾跃成了漩涡激流,向东奔泻。由于只有6%的水从美国境内瀑布流下,因此,在美国境内看瀑布,看不出落差,也看不到水气弥漫的景观,当然也就看不到该瀑布群的大场面。

而后,我们又从加拿大的多伦多来到尼亚加拉瀑布市。加拿大在其境内这一侧建了维多利亚公园，相关设施更为完善。高耸的酒店比肩而立，树木、草坪郁郁葱葱，还有巨大的摩天轮、造型别致的花钟塔等。走在河边宽敞的林荫道上就能看到横跨美、加两国的拱形彩虹桥，看到"新娘面纱"和马蹄瀑布的上部，更看清那弥漫的白云了。

上了游船，领到一件红色的塑料雨衣。碧空万里，怎么还要雨衣？那显然是用来对付瀑布水的。站在顶层甲板随船移动，处于两大瀑布之间，可以说是同时仰视、近观两大瀑布的最佳位置。先看到了南岸的"新娘面纱"，在蔚蓝天空、深蓝湖水的映衬下，奔泻而下的水流现出淡蓝色，它汇成的不是平薄的"布"和"纱"，而是喷涌不断、成"捆"成"团"成"排"的水柱、水浪。它们冲到湖面、岸边的嶙嶙乱石上，激起千层浪，挤入石缝又快速从各石缝吐出，脱缰似的喷放、抛洒、跳掷、复跌，汇入东去的水流。

游船越往西开，排山倒海、凌空而下的水势越大，水汽越浓，响声越

90°断崖处的水在阳光下透出青绿色

重,可谓强悍粗狂、豪放不羁的雷神之水了。船刚进入马蹄形的凹口,尚能看清该瀑布两端所挂靠的山崖,其他部分笼罩于腾飞的白茫茫的水雾之中;当船开到该瀑布凹口中心位置时,四周全被水雾包裹,身上雨衣没遮的地方全湿了。因为这个瀑布跨度几乎是前一个的2倍,再则瀑布水下面没有石块,直接由层崖之巅猛倾下来入湖,如暴风骤雨,所以骤起轩然大波,分不清水啊、雾啊、汽啊,浑然为"瀑布世界"。为安全起见,船掉转方向,回头。

据说,1950年加拿大和美国签订了协议,双方商定在旅游旺季必须保证瀑布有足够的水量,流量为3000立方米/秒,以致马蹄形瀑布溅起的浪花和水汽可高出湖面达100多米,犹如升起的白云。由此,我们明白了,那团白雾之所以成为判别该瀑布方位的原因了。

上了岸,在加拿大境内走到马蹄瀑布跌落下泻之地,这里又换了一幅景象。视野开阔,伊利湖明媚、平缓,略有小波。90°断崖处的水在阳光下透出青绿色,哗哗顺流而下。此刻,人没有在游船上那种狂飚天落的压抑,而有欢畅感、释放感。

夜幕降临,华灯璀璨。我们又来到90°断崖处。变幻的灯光照耀中,"新娘面纱"和马蹄瀑布变成了由红、紫、蓝、白色块状拼接而成的"锦缎",十分抢眼醒目,又是一种新鲜感。

隔了一天,我们搭乘电梯,降到深几十米的地下,沿着隧道来到在加拿大的那一侧、紧挨马蹄形瀑布的下方。那儿建了个水面平台,瀑布水紧贴着隧道口倾倒下来。我们穿了黄色雨衣,踩在湿漉漉的石板路上,小心地走到合适而安全的仰视位置,抢拍了几个镜头。那真叫亲密接触了,却是冒着泰山压顶之险啊。头发、上衣湿了,不知那是瀑布水还是紧张出的汗水!几位年轻人或坐上摩天轮,或搭上连接两岸的空中缆车从更高、更广处俯瞰大瀑布,体验惊险和刺激。那确实是把大瀑布群完美体型一览无遗的绝好视角。

大瀑布不可移动,但人可以运动,可以从各个方位、角度和不同的时间去"面面观"。那样才能识得大瀑布群的"真面目",尝得"多滋味",获得美好的体验。

巴黎有个"卢森堡公园"

　　巴黎的卢森堡公园位于法国巴黎塞纳河的南边(也称左岸),即第六区拉丁区中央,是一座以意大利风格称誉的华丽公园。我们的行程中原来没有这个景点,因那天参观蒙帕纳斯大厦后还有时间,同行者提议不要错过这个与"千堡""袖珍"之国卢森堡大公国同名的景区。

　　从圣米歇尔大道的大门来到这座公园,映入眼帘的有大花坛、大水池、大树林,还有大宫殿等。最引人瞩目的当然是被称为"卢森堡宫"的宫殿了。

公园内的宫殿

47

那是三层高的凹型楼群,屋顶为坡形,有成排的灰蓝色烟囱,墙体为奶黄色,第一、二层颜色深些,第三层颜色淡些,整体看显得大气、典雅。此宫殿是亨利四世被刺后由玛丽·德·美第齐王后下令建造的。亨利四世被刺时,美第齐王后的儿子路易十三尚年幼,因此,美第齐王后摄政。她不像一些年轻的太后对权力感兴趣。亨利四世逝去后,王后思乡情切,为了打发难熬的寂寞,修建了一个与家乡建筑风格类似的皇宫,其灵感来自

公园内的花坛

意大利佛罗伦萨彼堤宫。此地原为卢森堡皇宫所在地,在法国大革命期间这里曾被作为监狱,法兰西共和国时期将此城堡改为参议院,现在为参议院的宿舍所在地。我们走到卢森堡宫附近,就看到身穿灰色制服、头戴圆柱形帽子的军人在打手势,让我们不要再靠近。据说,现在它一年中只对外开放两次。

　　卢森堡宫前有大花坛围着大水池。据说,原本此处地形非常平缓,后来做成了有十多级台阶的斜坡和台地,形成下沉式。我不由得联想到上海复兴公园(原来叫法国公园)的下沉式花坛。不同的是这里的中心是壮观的八角形水池,就像一面晶亮的大镜子,花坛如花边似的镶在四周。水池边有很多可自由搬动的铁椅,供游人使用。我们来时正逢夏季,鲜花盛开。令人叫绝的不只是自然界为人类提供的五彩缤纷的娇艳鲜花,还有园

艺师们精心装点的两三米高的大花盆，精心安置的形态不一的花带，精心设计的色彩和谐的花丛——好浪漫的花海啊!

如果说，大花坛和大水池是卢森堡宫附近的花园，那么大树林形成的林园就离卢森堡宫远些了。林园的树好多，我认识的只有梧桐，因为上海市中心马路两旁大都是梧桐树，但这里的要高大挺拔得多。与一般自然生长的林木不同，这里绿树的"安置"颇有"花头"，绿树化为公园中的"建筑元素"了：有绿树成"墙"的，有绿树成"屏"的，有绿树成"篱"的，等等。拿绿"篱"来说，有高有低，从1—10米不等；有长有短，从几米到十几米不同。绿"墙"、绿"屏"、绿"篱"可成为园内路径或景区的分界线。巧妙的设计、组合、搭配，把有限、单调的场地变成为由不同形态绿色"块面"形成的有差别空间，不让你一眼看到边，又不让你找不到边。精造的林园，既清幽又通透。

形成如此有趣可品效果的原因还在于花坛、树林中和宫殿旁建了不少精致的雕像，有希腊神话中的动物、人物，也有贝多芬、波德莱尔等名

公园内的林园

人。整座公园充溢了生动浓郁的艺术氛围。难怪铁椅和草地上常有青年男女、各地游客在此看书、聊天、下棋、打牌、野餐、歇息、留影……他们也融入景中，为公园增添了美妙的活力。

这里，还真是个值得享受的佳处。

土耳其：从教堂到博物馆

在国内游览古迹少不了逛寺庙，到西方旅游少不了到教堂。土耳其地处西亚、南欧交界处，是连接欧亚大陆的十字路口，其被列入世界文化遗产的景点中就有教堂。土耳其超过95%的领土位于亚洲，从地理位置上讲其为亚洲国家，但在政治、经济、文化等领域均实行欧洲模式，统合东西文明在此实现。这里某些著名的教堂"转型"成为博物馆，不同信仰、不同民族、不同文化的人都可以饶有兴味地来此，或瞻仰、拜访，或参观、游玩，或学习、研究等，以共享人类文明。

土耳其的伊斯坦布尔历史城区在1985年被联合国教科文组织列为世界文化遗产。该城市就有名声赫赫的索菲亚大教堂，它原为拜占庭帝国东

索菲亚大教堂外观

正教的宫廷教堂、君士坦丁堡的主教堂，为世界著名教堂，也是世界十大令人向往的教堂之一。因大教堂太有名气了，统治者都曾想在它身上留下"纪念"，里里外外经历了多次改造，也曾一度变为清真寺。如今，来到索菲亚大教堂斑驳的外墙前，初感并不抢眼。走进其中央大厅，没有一般教堂成排的座椅，却为各方络绎不绝的来客留足了五六千平方米的活动空间。高达55.6米，最大直径31.24米的巨大穹顶好气派啊！别致的是穹顶的底部有40个窗户，光线明亮。地面铺上了多彩大理石、绿白带紫的斑岩以及金色的马赛克，和谐鲜艳。穹顶上方的圣母玛利亚怀抱耶稣的壁画散发着耀眼的金光，教堂上黑色鸭蛋型圆盘上则有阿拉伯文"万物非主，唯有真主"，基督教和伊斯兰教两者的"象征物"竟"融合"在同一所宗教建筑的显眼处，绝无仅有吧！土耳其革命后，当时国父凯末尔推行世俗主义，尊重历史，结束宗教冲突，他决定此座建筑既不为东正教教堂，也不为清真寺，而是转型为博物馆。

在土耳其，把教堂作为博物馆的还有古罗密露天博物馆，位于卡帕多西亚石窟群，两者被评为世界文化与自然混合遗产。古罗密露天博物馆由15座基督教堂和一些附属建筑组成，包括奇异的地下建筑：浩大的隧道迷宫、洞穴和通道。这些教堂最初是由为躲避政治迫害迁移到卡帕多西亚地区的基督徒修建。从外看，尖顶的山峰、窄小的洞口、稀疏的植被，怎么能称得上雅致的教堂？那些洞穴的进口位置高低不一，高者多达16层高，要入洞穴必经绳梯攀援。从里面看，肯定不能与索菲亚大教堂比，只能说比一般住人的地方宽敞些，但也低矮无窗，更没有精美的镶花玻璃了。那山洞中有东罗马帝国时期基督徒挖掘的修道院和教堂，一些壁画描摹了十字架上的基督和犹大的背叛等。总体看，这些教堂的内壁并不拙陋，圣像还算清晰，壁画尚是细腻，廊柱可称优雅，体现了那个时代信徒们对信仰的虔诚。每个教堂的故事都记录着信徒们千辛万苦的修行，反映其百折不挠的追求。

这两处景点的教堂转型为博物馆值得肯定，某种程度上是对"文明冲突论"的否定。它们都避开了宗教冲突、争斗和积怨之类，而呈现共存共融的和谐之态。因为博物馆是征集、典藏、陈列和研究代表自然与人类文化遗产的实物的场所。作为非营利的永久性机构，它以学习、教育、娱

古罗密露天博物馆外观

乐为目的，真实地反映特定阶段的历史和有特定信仰人群的文化，对大众开放，为社会发展提供服务。在这样的博物馆游览，体验文化之旅，可以让人思考推进人类文明进程的"步履"，企盼不同信仰的人和睦相处，以求世人永享太平。

黑风洞：奇特的阶梯洞穴

马来西亚首都吉隆坡是东方风韵与西方文明有机融合的大都市。给人印象深刻的既有高耸的石油双塔大厦，也有美味的肉骨茶等美食，还有离吉隆坡商业中心约13千米、奇特神秘的印度教风格浓郁的黑风洞。

这座石灰岩洞穴每逢1月底2月初的大宝森节时，会吸引众多旅客来此。景点入口处金光闪闪的印度教神像十分抢眼，其高约四层楼，有多只手臂，握有长杆兵器，威严又不失亲和地目视远方。洞穴隐于山中，赫然在目的是宽大、陡峭、漫长的阶梯，据说有272级，阶梯两旁和中间都设有护栏，故得名阶梯洞穴。游客们拾级而上，很不轻松，栏杆旁还不时有猴子来"凑热闹"。

印度教神像

洞内阴森透凉

　　黑风洞是景点的总称，整个黑风洞由几个洞穴组成。洞穴主庙的天花板高度超过100米，庙里全是兴都神灵。黑洞内阴森透凉，小径陡峭，曲折蜿蜒，据说长达两千米，栖息着成千上万的蝙蝠、白蛇和蟒蛇等150多种动物。光洞紧邻黑洞，高五六十米，宽七八十米，阳光从洞顶孔穴射入，光晕缭绕。光洞附近一个洞穴中有1891年建的印度教庙宇，供奉着苏巴玛廉神，还有成百尊的彩绘神像，被称为神庙洞。山下有洞窟艺术博物馆，展示包括神像壁画在内的印度神话文物。山下湖旁也有一个石灰岩洞，被称为"艺术画廊洞"，洞里有很多色彩鲜艳的雕塑和壁画。

　　"黑风洞"的说法怎么来的呢？据说早期科技水平落后，人们不能理解和解释自然现象，只能说"鬼神"在"显灵"。那时黑风洞附近的土著居民每当清晨和傍晚，看到山洞那边总有一阵阵的黑烟绕来绕去，只能解释说是鬼神"早出晚归"；印度人来后就在山洞下建了一个印度教的神殿，以图镇住鬼神，可每天清晨和傍晚那黑烟依然围绕洞口飘来飘去；等到中国人来了，克服困难接近了山洞口，发现造成黑烟的原因一是洞内大量的蝙蝠在飞进飞出，二是山高、洞内空间大所以有穿堂风，远看成群结队的蝙蝠就如黑云黑烟。那天我们进入的洞穴里如黑幕遮天，数不清的蝙蝠在头上叽叽喳喳乱叫，活生生的一个"黑鸟洞"。更怪的是一股气味随风侵入人鼻，真的好恐怖，好难受。

出洞下山，不想走回头路了。我们又看到了蓝天白云，空气清新，多么可贵。

"转舞"冰激凌

土耳其的转舞闻名遐迩。在土耳其的旅游景点,不止有男子穿着裙子360°全方位跳,更别致的是卖冰激凌的男子让待出售的冰激凌蛋卷"转舞"而飞,真是好看、好玩又好吃。

主持"转舞"冰激凌的男子一般都穿着当地人的服装,戴着无檐、平顶的圆帽,手持一根细细长长的、可"抓住"圆锥形蛋卷和冰激凌的工具,相当于延长了的人手,且称之为"长手"。柜台面前有几个装各色冰激凌的容器,他不断吆喝着招揽一拨又一拨顾客。

来的都是客。当你贴近了面对着售冰激凌男子时,他就会用那"长手"把可装但还没装入冰激凌的蛋卷送到你手中。只要你心仪那冰激

"转舞"冰激凌

凌,自然会被吸引住。那"长手"灵动地划出好几个360°,在你眼前、嘴前、手前麻利地"转舞",你的手想捏却捏不住。不一会儿,那"长手"收了回去,你发现自己手中有了一个空的蛋卷。你还在发愣时,那"长手"在容器中转啊转,或红、或白、或咖啡色的冰激凌突然送过来插入你手中那个空蛋卷中。原来他第一次递过来的是两个套在一起的蛋卷,旋转几圈转

鸡蛋饼"转舞"

到合适角度时就只留下一个并抽走一个,用来装冰激凌。在这个过程中,顾客得而复失、失而复得,食欲被引起,吊足了"胃口",又被掐灭。当你似乎以为吃不到冰激凌而失望时,"长手"竟又把装满三色冰激凌的蛋卷"转"到你手中,让你美美地享受,绝对是美妙的冰激凌"转舞"啊!

其实,不只是卖冰激凌的小伙、大叔会这样"转舞",出售其他点心、食品之类的帅哥也有此绝活,能上演这类视觉盛宴,可谓赏心悦目、精彩纷呈。

转舞已为土耳其文化中不可缺少的标志之一。在土耳其各地,能见到不少带有转舞的纪念品,以至"旋转"融入某些食品制作和销售环节,其包含的哲理是:万物无时无刻不在旋转,人从年轻、长大、老去,生生不息也是旋转不停的。这多有意思啊。

登临狮子岩

斯里兰卡，旧称锡兰，位于印度洋中的一座小岛，被称为"印度洋中的一滴泪"。狮子岩是斯里兰卡"文化金三角"其中的一个顶点，也是受到联合国教科文组织保护的世界级珍贵遗产之一，被誉为世界第八大奇迹。它俯伏在丹不拉东北部平地，距离首都科伦坡大约170千米。

狮子岩平地崛起，橘红、褐灰斑驳相杂。由远处看，狮子岩是完整的近似长方体的大石块，说其为"岩"没错，称其为"狮"却不太确切。因其已无完整体貌，"狮头"已无，只剩下两个各有一两米大小的石头"狮爪"。想当初，这里曾有一座巨大的砖石制成的卧狮坐镇，以辟妖邪，而锡吉里耶王宫便压在这头庞大的"狮子"背上，它被埋没在丛林中数个世纪，直到19世纪中才被英国猎人贝尔发现，从此引起考古界的重视。

要登临狮子岩顶层，先要走漫长蜿蜒的石阶，据说有2000多级。再要上去就令人不寒而栗，因为岩壁几乎与地面呈垂直角度。紧贴着岩壁有一条"之"字形、有护栏的铁梯，沿着铁梯有一条固定的铁链。我就是紧握着铁链，踏着晃晃悠悠的铁梯，向上行进的。眼睛不能朝下看，一看，两腿发软；往上看，往往只能见到前人的鞋跟；不能发出催促的声音，一旦前人倒下就会产生多米诺骨牌效应，后果不堪设想。我想：我曾徒步上黄山天都峰、泰山玉皇顶，这几百米的小山包怎能与几千米的名山比！当然，这里坡陡，所以不能急躁，要踏稳、抓牢，上一步就提升一步。我不停深呼吸，不断鼓励自己：不能快、不能退、不能催、不能乱！好在前面一批游客也很有序地行进。终于，我登上了陡峭狮子岩的顶层。好平坦、好亮堂、好开阔啊！山风时时吹来，迎面是块大平地，隐约可看出失落宫殿当年辉煌的模样。举目远眺，绿林无边无际，生机盎然。狮子岩下面曾是国王的花园，据说是世界上最古老的景观花园，分为水上花园、洞穴、巨石花园和露台花园等。

远看狮子岩

斯里兰卡古代历史记录《大史》记载：斯里兰卡王朝的迦叶波一世国王想把王位留给后妃所生的幼子莫加兰，但国王的大儿子卡西雅伯联合军队发起政变，杀掉了自己的父亲。公元477年卡西雅伯登基，莫加兰逃到印度。为了逃避弟弟莫加兰的报复，卡西雅伯在离首都约70千米处的锡吉里耶，发现了一片草原上孤立的巨岩，决定把这个易守难攻之地作为自己王朝的宫殿。经过近10年建造，卡西雅伯在锡吉里耶狮子岩上建成了一座占地约2万平方米的空中宫殿，既是奢华的游乐场所，也是城堡要塞。

关于狮子岩的"狮头"为何缺失的说法则令人费解。说"狮头"被"风化"的话，风吹雨打怎么能如此"准"地恰好把"头"完整去掉，"狮身"和前面的两"爪"完整保留下来呢？如果用人工"砍头"，在没有机械的年代又是如何操作的？更重要的是为什么要去掉"狮头"呢？这个"狮头"原来到底长什么样？看来，这"狮子岩之问"为狮子岩景点增添了"魔力"，从而吸引更多研究者和游客来这世界第八大奇迹之地。

阿勇河玩漂流

和老伴一起到印度尼西亚巴厘岛的阿勇河漂流是向往已久的,因为早就从媒体的传播、朋友的介绍中得知那是很舒心、有挑战性,又相对比较安全的活动。可种种原因拖至2016年初才成行。

那几天,上海气温降到百年来最低值,而巴厘岛气温保持在28°C—30°C。到要漂流的那一天却下起瓢泼大雨,我们的心情不免也如天空蒙上了阴影。导游则宽慰我们,这里的雨是一阵阵的,不要过分担忧,只是强调漂流肯定要湿身,少穿些衣服。

到了出发地,按规定漂流者都要穿上救生衣、戴上安全帽。为方便穿戴救生物品,导游建议每人都只穿泳装、拖鞋。带领我们的印尼教练也是如此打扮。问题是此时雨还没停,阴云密布,周围已是山林,似乎有些凉意。我们老两口六十七八岁,有点担心天要冷下来受不了。但当穿戴好那些装备后,倒也暖和了些,因为救生衣蛮厚,扎得严实,头盔把头顶和后脑勺都包裹保护起来了。

小吉普车把我们送到一个路口,印尼教练领着我们穿过一片田野去漂流的渡口。雨不大,但还在下,风大了些,吹在我们裸露的双臂和大腿上,要不是我们处于运动状态,肯定会感到冷。脚下踩的是泥地,湿漉漉的,路还不算滑。这时我和老伴庆幸穿了胶鞋,没穿拖鞋。走了五六分钟,到了一片树林边。教练指着面前一条顺山坡而下的小路说,到渡口还有500米。哇!还这么远?没想到的那是更艰难的路途。顺势而下,本应不费力,但雨一下,路面打滑。我老伴的脚本来就受过伤,有点瘸,这下可真是"吃素碰到了月大"。我只能紧紧握住她的手,走在前,我踩稳了,再让她挪步。我不断地说"不远了""快到了",可心里在想这导游怎么不早说有这么长难走的路?可又一想,要早说这么难走,我们的夙愿不就实现不了了吗?我的手还是始终拉着她,走一段让她停下来做深呼吸。碰到有石板的地方还好,是泥地就惨了,她脚直打滑,我就不断地扶、拉、牵、拽。看到有的转弯处没树木可依,也没栏杆,我就让她把脚直接踩在我的脚面上,避免打滑。听到水流声了,老伴也鼓足了劲坚持走。当然,我们在行进中肯定是落在最后了。到达渡口后,教练把我们安排在最后一艘红、白、黑三色橡皮艇的最后一排。全艇连教练一共7人。

阿勇河也叫爱咏河,水面不宽,河水才齐腰深,可水花飞溅、哗哗而

橡皮艇碰到石头就险了

下,说明坡大石多。此河全长十一二千米,流经河道中有22处急流点。两岸呈现的是赤道风光的热带雨林,藤蔓缠绕、椰树丛丛、绿意浓浓。那树足有十几层楼高,而低矮的草啊、藤啊也把两岸装点得几乎密不透风。坐在橡皮艇上,迎面而来的山林中忽而隐现成片的田野,忽而露出阴森的蝙蝠洞,忽而出现植被丰满的峭壁,忽而显示飞流直下的瀑布。

深窄的峡谷中,橡皮艇就如一片树叶那样随浪急漂。碰到水流起伏

橡皮艇随之大幅度起落时，游客们同时发出了尖叫。刚开始时，尖叫中带着些恐惧，而后大概察觉没险情，尖叫就变成了欢笑。每次一遇到前方有大石头，可能陡起颠簸，教练就会喊"拉绳"，即拉牢橡皮艇旁边的绳子以保持身体平衡。但人的灵敏度不同，免不了有的游客要失衡。当河面平缓、无障碍时，教练也会发出"向前"的声音。可是印尼教练的普通话说得走音了，听上去就像说"抢钱"。游客们刚一听到时一愣，而他的语调相当平和。大家互相看看，会心地笑了：明白了，就是"向前"，于是拿腔拿调地齐声喊着"抢钱""抢钱"。我和老伴也听教练的，不时划桨或举桨拉绳，就如学生听从老师的教导。

最有劲的场面是打水仗。载客的橡皮艇尽管大小一样，载人数量相同，但划动速度有快有慢，而来自世界各地、文化背景各异的游客们的"玩"性更不相同。加上河道有宽有窄，橡皮艇一多，难免会堵塞。于是水面大战开始了：武器就是人人手中的桨，用桨泼水当作发射"炮弹"，把"对手"弄成个"落汤鸡"，或用艇撞艇，弄得水浪滔天，"敌我"双方都"伤"得"稀里哗啦""跌跌撞撞"。好一阵宣泄，难得过瘾。游客中有金发姑娘，也有黑肤壮汉，有老者，也有小孩，大家尽情地泼洒，又举直了桨友好地言和。顺流而下是大趋势、大方向，谁也不去计较谁把水泼到我眼睛里了，谁也不去责难谁把自己撞个闪身。好嗨哟！太阳似乎听到了我们的嬉笑声，也和我们来个亲密接触。

漂流全程路线约需两小时。我和老伴就如一下年轻了几十岁，忘了年龄，回到了青春似火的岁月，真是舒心顺畅啊！

（原刊于《我们退休啦》2016年3月10日，原标题为《在巴厘岛阿勇河上"抢钱"》）

徜徉罗博河

罗博河位于菲律宾薄荷岛,水深1.5—8米,河长58千米,其两岸为原始的热带风光,布满茂密的热带植物,被誉为"东方亚马逊河"。虽然我体验过同处东南亚的印尼巴厘岛的阿勇河漂流,但徜徉在罗博河仍兴奋不已。因为罗博河比阿勇河宽阔、平缓,它还有其特色。

先看其舒适宜人的色彩。

上了叫"筏屋船"的游船,就有被"绿""青"包围的感觉。大概这天的天气比游阿勇河那天天气好,能见度高。蔚蓝的天空,湖蓝的河水,青

叫"筏屋船"的游船

在船上边吃边看表演

绿植被,和谐相处,在明媚的阳光下,呈现出青蓝、宝绿、湖绿、碧绿等深浅浓淡不一而相宜的色泽,如女性成熟而甜美,如绒绣温润而顺眼,产生平和恬静的效果。身处满眼"绿""青"的罗博河中,绷紧的神经即刻放松,眼睛的疲劳状态得以缓解,让人舒坦。

再观罗博河两岸柔美的形态。

与阿勇河两岸的植被比,这里的植被看来更为丰厚。一株又一株椰树,那么密集。它被当地人誉为"生命之树",因椰树的数量和椰果出口量最多,菲律宾又被称为椰树王国。椰树一般高达25米以上,无枝无蔓,有的高耸挺立,有的斜向伸展,巨大的羽毛状叶片从树梢伸出并向四周均匀张开,仿佛一柄巨大的绿伞为你挡风遮阳。微风中椰叶摇曳,又如婆娑多姿、热情接待游客的迎宾小姐。中等个头的植被要数芭蕉了,它是多年生草本植物,植株高2.5—4米,叶片呈长圆形,前端钝,基部呈圆形或不对称状，叶面为鲜绿色，有光泽，叶柄粗壮。看到芭蕉叶就能想象送来和风的扇子，联想到扇子舞者的身姿。还有叫不上名的花草树木挨挨挤挤，形态各异，把两岸线条柔和的山坡装扮得颇为亮丽，绝对大饱眼福。

还要品味罗博河漂游缓慢的节奏。

乘船由薄荷岛西南方的洛艾桥出发，沿河上溯至岛中央的布塞瀑布，全程在1小时左右。由于此河不及阿勇河落差大，游客不是坐在靠人划的小艇上，因此不会那么费力、急促、紧张。这里的游船呈长方形，如移动的屋棚，又有动力，相当稳当。游船上有丰盛地道的菲律宾特色餐，新鲜的石斑鱼、鱿鱼、虾等当地美味都可以品尝得到。赏美景品美食，边看边吃，相当悠闲。整个游程期间，船上还会有当地歌手弹着吉他演唱英文老歌，颇为惬意。为了调慢漂游的节奏，河道每隔几百米就在岸边安置了浮台，都是竹子搭建而成，临近村子的土著居民会派演出队在那儿或唱歌、或跳舞、或演奏。游船到此也会逗留，游客可以在船上观看他们的演出，也可以到浮台上和他们互动，共娱同乐。

罗博河漂流就这样给每个游客留下了难忘的记忆。

来自打洛的掌声

从我国云南西双版纳的景洪到中缅边境的打洛有130多千米。从西双版纳出发前，导游说这一带山林弯道多，加上暑天多雨，气闷路滑，要吃点苦了。出发了，我们为将要过境看到被称为"胞波"缅甸的新奇而兴奋，而预计的38°C高温也没出现，所以一路上大伙的感觉还不错。

到了打洛，等待出关的车排成了长龙。我们国内乘坐的旅游车几乎都是白色的，在浓绿的山林、棕黄河水的映衬下颇为显眼。我们中方的武警战士上车例行检查，他先向车内人员敬礼，朗声说："请接受边防检查。"车内响起了掌声。武警战士接过司机递过的一叠文件，环视车内，核对人数，之后就放行出关。我们的车进入缅方，两位戴鸭舌帽的缅方军人背着喷雾器分别站在我们车的两旁，往车轮、车箱下部喷洒。其中一位皮肤青黑的缅方士兵用中文对我们说："你好。"我们随即鼓掌回应。我们的车往前开了十几米，车左侧两位缅方军人示意停车。我们导游下车去那幢紫红色缅方边防站办理进入缅甸的手续。正前方就是缅甸的国门，那是横跨公路、有三个门洞的排楼式建筑，中间的门是汽车道。每座门洞上耸立着镂刻的金色尖塔。右边门上写着中文"缅甸"，左边门上是形如蝌蚪状的缅文"缅甸"。门前还有两座驮着金色座椅的大象的塑像。相比之下，写着红色字体"中国"的界碑简朴多了，那是高约1.2米，上为矩形、下为梯形的水泥碑。忽然听到哨声，看到缅方军人举旗，示意我们的车可以通过。于是，我们的车鱼贯而入。过关约花了半小时，不算麻烦。

缅甸的领土近似南北长、东西狭的菱形。我方的打洛就处在缅甸东部的角上，离有名的"金三角"约200千米。缅方的建筑色调亮丽，有粉色、赭色、玫瑰色等。中缅友谊大金塔主色为金黄、雪白。这座塔建成于1997年，中缅双方的高僧共同选定了这一高处的地址。据说，其地基下埋了不少宝石呢。构建尖尖笋形的主塔和四个小塔用了几十公斤黄金，难怪

缅甸的国门

此建筑金碧辉煌、十分醒目。进塔者本应脱鞋,现改为要每位旅客买塑料袋装自己的鞋,手提着,人绕着圆形的厅堂观看佛像、壁画。塔内的和尚会说流利的汉语,人民币在此可以流通,和尚会主动拉你烧香化缘。禁毒馆内缅方女讲解员的汉语水平就不如那些和尚了。她只是介绍到毒品实物时用汉语说一些,其他内容她就指指中文标识,意思是你们都能看懂的。另外,还有缅方人员来兜售看"表演"的。

当我们车队回到鲜艳的五星红旗高高飘扬的这一边,我方武警战士再次上车向我们庄严敬礼,我们大家不约而同地热烈鼓掌。听,这掌声比出国门时响亮多了。

(原刊于《沪西工人文化报》2001年8月30日)

在迈阿密的"小哈瓦那"

品尝雪茄的烟客

迈阿密是美国佛罗里达州第二大城市,位于有着"阳光之州"之称的佛罗里达半岛的比斯坎湾。迈阿密是这个"阳光之州"南部都市圈中最大的城市。哈瓦那则为中美洲加勒比海上的岛国古巴共和国的首都。迈阿密怎么会是"小哈瓦那"呢?因为迈阿密作为国际性的大都市是文化的大熔炉,受庞大的拉丁美洲族群和加勒比海岛国居民的影响很大,与加勒比海地区在文化和语言上关系密切,有时还被称为"美洲的首都";从地理位置上看,它与古巴的最近距离只有90海里;当年菲德尔·卡斯特罗在古巴建立了社会主义政权后,一批古巴人来到了迈阿密定居、经营,形成了有古巴特色风情的街区。

我们到迈阿密旅游,也有兴趣见识、领略颇有名气的"小哈瓦那"。那

手工制作雪茄的场面

是不大的一片街区，给我的印象是"抢眼""扑鼻"又"可口"。

"抢眼"，色彩的冲击。街区墙面上很多色彩艳丽的涂鸦，古巴国旗、海明威像片到处可见，壁画夸张、艳丽、生动。不高的房屋涂抹着粉红、橙黄、天蓝等明亮的色彩。每个路口都能见到彩色的、高昂头的大公鸡雕塑，公鸡在古巴文化里是雄健的象征。这种色彩的炫耀吸引了人们对古巴建筑造型的关注。高高的天花板、斑斓的房顶横梁、环绕客厅的庭院式画廊、可调式百叶窗似乎成了某种标配。从那些房子又注意到室内的特色家具：绛红色的、具有半圆式底座的古董椅坐上去能够摇摆自如，有晃动的自由度又不会失去平衡，太惬意了。

"扑鼻"，醇香雪茄烟，牵住人们鼻子的是雪茄烟。一家家布置精致的烟店，你不被吸引过去是不可能的。这里既有雪茄特有的香味，又有手工制作的趣味，技工们切割烟叶，卷制成形，包装成品。陪同的导游提醒我们，手工制作的雪茄烟的烟芯是片状的，烟叶被撕成8—15毫米的叶片，制作的最后一关是将制成品放入雪松木材质的、不进行上漆处理的大柜中集体存放15天，以增加"窖香"。兜售雪茄的广告中所标价格不高，单支供品尝的雪茄只要两美元；卖手工雪茄烟的，一根12美元左右，也有一盒25根售价为69美元的。本人从不抽烟，看着别人吞云吐雾品尝雪茄的模样，估摸着那是一种别样的美味。专卖店里花白胡子的老人们坐在那里手持雪茄很有范儿，他们背后的墙上悬挂着古巴国旗和丘吉尔抽雪茄的照片，也许在暗示古巴雪茄的名人效应。有的烟客干脆跟着乐曲热情奔放的节奏舞动起来,是自信又高兴了吧。

　　"可口",是因为这里有甜甜的咖啡。咖啡店、小餐馆里的咖啡别有一番"甜"味,一杯咖啡中大概放有半杯糖。古巴咖啡的苦和甜那么协调,很受我们这些上海、苏州、无锡出生者的喜爱。1748年,咖啡由多米尼加传入古巴,古巴自此开始种植咖啡。古巴的自然环境如土地、气候等适宜咖啡种植。在古巴,最好的咖啡种植地在该国中央山脉被称为水晶山的地带,因为那儿除了种植咖啡,还有石英、水晶等珍贵矿物,所以水晶山咖啡成为古巴顶级咖啡的代名词。古巴盛产糖,它是世界主要产糖国之一,被誉为"世界糖罐",其产量占世界糖产量的7%以上,人均产糖量居世界首位。对此,我们这个年龄段的人从小就有印象,那时中国为支持古巴卡斯特罗政权,即便过着节衣缩食的生活也要进口大量古巴糖即粗粗的红砂糖。品着这里的甜咖啡,当年的热烈场景浮现于脑际。

　　当年"要古巴"的热烈场景还真能激起我们要到"小哈瓦那"实地亲身体验的欲望呢!

镜头聚焦

俄罗斯文化艺术的精品

俄罗斯地大物博，文化艺术丰富精妙、瑰丽多彩，其中更有众多精品在世界上独一无二。在冬宫和夏宫等处上品比比皆是、美不胜收。而在博物馆外，文化艺术大作也不少，并显示出成系列、有规模和共赏化的大国范儿。

彼得大帝塑像多

到俄罗斯旅游后，对彼得大帝有了全方位的了解。

彼得大帝，史称彼得一世（1672—1725），是罗曼诺夫王朝的第四代沙

卡罗明斯克庄园内的彼得大帝

在克朗施塔德军港的公园坐着的如慈祥老人的彼得大帝

圣伊萨基耶夫大教堂前广场上的彼得大帝塑像

的皇。他实行的西化政策是俄国成为强国的重要因素。俄国人对他怀有敬意。

坊间对一个历史人物的评价往往是要么好、要么坏,比较绝对。拿国人给历史人物制作塑像来说,常常就是定型化的,一说起某位人物,脑海里马上就会浮现一个固化的模样。而在俄罗斯看到的彼得大帝塑像就各有特色,形成系列。

莫斯科河河畔,在一艘桅杆高大的帆船上,彼得大帝高举的右手拿着一卷地图,目视远方,俨然一位勇往直前的探险家。在圣彼得堡圣伊萨基耶夫大教堂前广场上,巨大的岩石上矗立着"青铜"骑士的塑像,彼得大帝换了装束:腰佩长剑、身披战袍,他左手持缰,右手脱缰,手心向下;健壮的战马扬起前蹄,后蹄踩在一条长蛇上。好一个身着戎装、冲锋陷阵、所向披靡的统帅!在克朗施塔德军港的公园里,面向芬兰湾,也有一座充满自信色彩的彼得大帝塑像,因为这里是彼得大帝1703年从瑞典手中夺得科特林岛后建立的港口,彼得保罗要塞是彼得大帝下令建造的地方。此处的彼得大帝塑像完全没有强者的外表,也不高高在上,而是坐在那儿,头小体大,手骨轮廓毕现,完全成了慈祥的、饱经风霜的老人模样。在莫斯科的卡洛明斯克庄园——彼得大帝童年生活过的地方,有他居住过的木屋,木屋旁又有彼得大帝的塑像,他站在平地上,平民装束,如同邻家的大哥……

围绕着彼得大帝塑像不同的艺术造型，导游也不时讲些彼得大帝的故事，如彼得大帝如何乔装出国学习西方经验，回国后又提倡文明交际，改掉俄国人穿长袍、留长须的旧习，如不改者则令其交税。在导游的提醒下，我们也注意观察了现在俄罗斯建筑中的窗户和宾馆中的床铺。我们的共同发现是，那窗和床都比我国的小。为什么？据说彼得大帝到西欧看到那里的建筑后，认真地画下来，但在俄国实施时，他认为不能照搬，因为俄国天气冷，所以窗要缩小。至于床，由于彼得大帝为了促使自己不沉溺于"床"，所以也缩小床的面积，而且他睡觉时，脸朝下，两手垂在床帮上，这样便于起身，快速进入"站立"状态。

游客听了，没有人发问。大家沉浸在系列塑像的体验中，品味、思考，在想到底哪一个塑像更像彼得大帝，他对俄罗斯有怎样的影响？

水花飞溅说喷泉

水花喷泻、玉珠飞溅、形态万象、光彩夺目，成规模的各种喷泉以其涌动、喷洒之势让人倾倒。

最有贵族气的喷泉在圣彼得堡的彼得大帝夏宫，此宫被联合国教科文组织列为世界遗产。这里有喷泉150座、喷柱2000多个，著名的有金字

夏宫的喷泉

红场东面的四马喷泉

塔喷泉、太阳喷泉、橡树喷泉、亚当喷泉和夏娃喷泉等。几乎每个喷泉都有人物或动物，有其故事。最聚人气的要数夏宫大宫殿前的大瀑布群了。其中有37座金色雕像、29座潜浮雕、150个小雕像、64个喷泉及两座梯形瀑布。中心喷泉是个圆形小池，中央竖立着大力士参孙与狮子搏斗的塑像。大力士双手使劲掰开狮子的嘴，泉水就从狮子口中喷涌而出，水柱高达22米，这就是著名的隆姆松喷泉。在其周围如茵的草坪上，也有多个小型的独柱喷泉，个个如少女，亭亭玉立。喷射的水汽，在金色的阳光下，折射出七彩虹影。

  最具规模的喷泉莫过于全俄展览中心内的喷泉了。当年，这里曾是苏联各加盟共和国经济成就展览的场所，原称国民经济成就展览馆，如今成了具备科学性、知识性、娱乐性的展览馆。但喷泉还在，由于场地大，从大门口不停地向前，走到底也要1个多小时，而沿途布满了大大小小的各类喷泉。最有震撼力的是民族友谊喷泉，它的主体造型是个巨大的金色麦穗，周围有15个穿着民族服饰的苏联各加盟共和国妇女塑像，显得气势磅礴。广场另一端，由乌拉尔彩色宝石组成的喷泉中，有天鹅和鲟鱼造型的喷泉,整个喷泉共1000多个水柱,喷出的水量达每秒1200升。

体现庄严、肃穆的喷泉在莫斯科胜利广场上高达141.8米的胜利女神纪念碑前。那里有两长排造型优雅的蘑菇水池。每个长方形的水池中都有15个向上喷射的水柱,表示抗击德国法西斯的15支英勇的部队。

轻松、活泼的喷泉大概是亚利山大花园里的四马喷泉了。它坐落在红场东面,水池中有四匹黑马,都昂着头,扬起前蹄,似乎立刻要跳出来。四周的泉水有直喷的、斜喷的。夏季,不少年轻人跳进池中嬉戏,不亦乐乎!

亦雅亦俗看好戏

在世界表演艺术领域,俄罗斯有三大艺术瑰宝:古典芭蕾、马戏和歌剧。这次在俄罗斯旅游有幸观看了古典芭蕾、马戏和民族歌舞,雅俗共赏,真是美妙的艺术享受。

那天,在圣彼得堡涅瓦河上乘游艇,从码头到芬兰湾口约1.5个小时。船舱里除了备有面包、黑色鱼子酱、伏特加酒外,还有穿着传统民族服装的俄罗斯男女演员表演舞蹈,演唱中国人熟悉的俄罗斯民歌。没有舞台,5位演员就在我们游客座位前的有限空间表演,可以说是"零距离"了。

游艇上的舞蹈表演

动听的音乐响了。高挑、金发、碧眼的俄罗斯美女袅袅地来到游客中间,看准一个"帅哥"就毫不犹豫地坐在他腿上。"帅哥"脸有点红,可还算蛮有风度地抱住了她。尽管导游事先向我们打过招呼,说俄罗斯姑娘很开放,但她来得那么利索,还是引起全体游客的哄动。一阵"咔嚓—咔嚓"声后,那美女起身,走不几步又用手臂挽住一位高高的老年游客,老人略有迟疑,但还是跟着音乐的节拍迈开了舞步,跳了起来。游客们交流着眼神,暗暗惊叹俄罗斯美女的"眼力"。《莫斯科郊外的晚上》《红莓花儿开》那优美、熟悉的旋律也确实拨动了每位游客的心弦。大家不由自主地跟着音乐、舞步打起节拍。当那位俄罗斯美女表演独舞,踮起脚跟,不断旋转,充分展露芭蕾美的元素时,掌声、喝彩声达到了高潮。

自身旋转是俄罗斯舞蹈的一个特色,最精彩的当然要数芭蕾舞了。我们是在圣彼得堡的亚历山大剧院看柴可夫斯基的《天鹅湖》时看到的。最牵动人心的是那"白色"随剧情而起伏与旋动。据说,那位主演能自转30多圈,但那天我仔细观察,数了一下,最多时有二十七八圈,也不错

马戏剧院外的观众

了吧。当然，那悦耳可人的音乐、精美的舞台设计就足以令人陶醉。印象深刻的还有剧场内的坐席竟有6层；服务员清一色的都是白发男士，西装革履，手拿讲义夹，彬彬有礼地引导观众来到坐席上。中场休息时，观众井然有序地缓步来到休息厅，或欣赏窗外夕阳下的美景，或选择自己中意的点心和饮品，没有一点儿嘈杂声，显示出高贵的安谧和从容。开演前几分钟，白发服务员优雅地展手示意，提醒观众入席。戏一开场，场内自始至终无人打闪光灯，无人交头接耳，除了音乐，只听见演员足尖在舞台上滑动时轻柔的沙沙声。每曲终了，掌声骤然响起……我这样的门外汉也被打动了。

与《天鹅湖》相比，马戏的观众更多了。我们到莫斯科马戏剧场时，门口的人多得让我们怀疑是不是这天莫斯科的市民都来了。好些黄头发、白皮肤的大人、小孩围在门口的一座雕像前拍照留念。那是俄罗斯马戏艺术家、国家奖金获得者尤里·尼古琳的塑像。我们好不容易挤进门去，宽敞的过道上有参加表演的马匹等候观众与它们合影。当我们正为找不到自己的坐席而犯愁时，穿着制服、体态臃肿的俄罗斯老大娘指点了方向，我们得以安然入座。俄罗斯的马戏充分显示了技巧和力量。健壮的马、调皮的狗，它们的表演颇为出色。不过，我看得最有味的还是两位"丑角"，他们不说话，只靠动作、神态，几乎调动了全场观众的情绪，妙趣天成，够艺术的了，也够大众化的了，真可谓雅俗共赏了。

如果要评判这三类"戏"哪个更好的话，还真是个难题，就像吃了三道色、香、味俱全的佳肴，人都陶醉了。

（原刊于《老年文艺》，2013年12月）

法国之宝

　　法国历史悠久、积淀丰厚、产业发达、文化繁荣,是世界上有重要影响力的国家。到该国旅游对法国之宝有所接触,长了不少见识。除了闻名于世的埃菲尔铁塔外,还有那么多"宝",但旅程短促、时间有限,困于笔力不逮,在此只能粗略表述。

尼斯城:度假宝地

　　尼斯是仅次于巴黎的法国第二大旅游城市,地处法国东南方向地中海沿岸。它三面被巍峨的阿尔卑斯山环抱,一面紧依蔚蓝的地中海,冬季温和夏季凉爽,气候适宜。

鹅卵石海滩

著名的宾馆酒店

我们进入尼斯城区已经是当地时间下午7点多，阳光就如上海午后三四点钟。内格雷斯科酒店标志性的洋红圆顶在阳光下闪烁，微风抚面，棕榈树轻轻摇曳，似乎向每位来此者招手。全长3.5千米的滨海大道上汇集了众多饭店、购物中心和海滩区。在公用海滩区，人们可以自由出入。尼斯以东的海岸多峭壁峻岭，岸边多鹅卵石，脚踩上去疏通筋骨；尼斯以西，地势趋于平缓，海滩以细沙为主。这都是少有的天然按摩场所。鹅卵石海滩上身穿各色时髦泳装的人们在享受太阳浴，男男女女兴致勃勃，兴味正浓。

尼斯被誉为世界富豪聚集的中心。比比皆是的豪华别墅、昂贵商店显得富丽堂皇、典雅优美。尼斯有许多盛大节日，每年2月底举行的狂欢节最具吸引力，为期2—3周，活动包括街头表演、烛光晚会、花车游行、化妆舞会等。尼斯还有18家博物馆，其中最著名的是夏加尔博物馆和马蒂斯博物馆。传说罗马人和维多利亚女王最喜欢尼斯城北的希米耶区。每年举办著名国际电影节的戛纳和盛产熏衣草、具有香水资源的普罗旺斯都在尼斯城的周围。尼斯到富裕的摩纳哥的直线距离也只有13千米。据说，每年到尼斯度假的人数为当地人口的10倍。

尼斯城作为度假宝地当之无愧。

塞纳河：串联宝带

乘塞纳河游船观光是个好主意。

塞纳河源于朗格勒高原，全长约776千米。塞纳河流经的巴黎盆地为法国最富饶的农业区。巴黎就是在塞纳河城岛及其两岸的滋养中逐步发展起来的。

游船从码头出发沿着塞纳河行进，在轻松的音乐和多语种的解说中，我们尽情饱览巴黎的美景风光。两岸宽大的街道、婆娑的梧桐和欧式

塞纳河上有雕塑的桥

的建筑让我们目不暇接。

巴黎著名的经典景点大多集中在塞纳河的两岸。河北岸的大小皇宫，河南岸的大学区，河西面的标志性建筑埃菲尔铁塔，还有位于河东段城岛上的巴黎圣母院等，都展露别具一格的风貌。在一个转弯处如半岛的地方树立着一座举着火炬的自由女神像。塞纳河上架着的桥都有来历、有名气，据说共有30多座，每座桥的造型都有特点，其中最雄伟的是亚历山大三世桥。这座桥以其独一无二的钢结构桥拱将香榭丽舍大街和荣军院广场连接起来。大桥两端四只桥头柱上镀铜的骑士群雕像栩栩如

乘船游览塞纳河

生,极为生动。桥上的灯具由长着翅膀的小爱神托着,其华丽造型和色彩颇为吸睛。

最古老的桥有玛力桥、王桥和新桥,都是17世纪前后建成的。王桥的南岸是思想家伏尔泰工作过的楼,他1778年5月30日在这个小楼辞世。旁边还有作家阿那多尔法兰西写作10年的地方。新桥则最有名,桥长238米、宽20米,是巴黎塞纳河上最长的桥。桥有12个拱,每个拱上均塑造了壮士的头颅,有的闭目静思,有的怒目圆睁。新桥建成后的两个世纪一直是巴黎的商业中心。距新桥不远处是专为行人而建的以金属为主体的艺术桥。这座桥上种植着花木,桥栏杆上竖立着艺术家弗朗西斯•加佐的作品,有"塞纳河上花园"之称。站在艺术桥上环顾,只见桥北是卢浮宫,桥南是法兰西研究院,桥东是大法院,那儿曾关押过路易十六的王后,桥西则是王桥。

乘船游览,简捷省时又能充分揽胜,因为塞纳河如宝贵的纽带把桥与两岸建筑串联起来,浑然一体,融合成一卷立体动感的美丽画卷。

卢浮宫:艺术宝库

来到向往已久的卢浮宫,正门入口处那座著名的由美籍华人建筑师贝聿铭设计的玻璃金字塔十分别致。四棱锥体造型似乎意味着从四处汇聚这里的艺术品都是顶尖的。那成片联体的宫殿大气、壮观。

卢浮宫位于巴黎市中心地段，与伦敦大英博物馆、纽约大都会博物馆并列被西方媒体评选为全球三大顶级博物馆。卢浮宫最重要的镇馆"三宝"，即断臂的维纳斯雕像、《蒙娜丽莎》油画和胜利女神石雕。其他著名作品还有《狄安娜出浴》《丑角演员》《拿破仑一世加冕大典》《自由之神引导人民》《编花带的姑娘》等。这座艺术宫殿始建于13世纪初。卢浮宫起初是皇宫的城堡，查理五世时期被作为皇宫，直至16世纪中叶，弗朗索瓦一世将宫殿拆毁，命人在原城堡的基础上重新建造一座宫殿。出于对艺术的热爱，他邀请了达芬奇等当时欧洲著名艺术家来法国生活，并收集了许多意大利著名绘画。后经过一系列的扩建和修缮，法国各代国王不断充实了卢浮宫的收藏。如今，博物馆收藏的艺术品已达40万件以上，涵盖雕塑、绘画、美术工艺及古代东方、古埃及和古希腊古罗马6个门类。卢浮宫作为专业博物馆成为巴黎的热门景点之一。令人痛心而难忘的是卢浮宫中国馆藏有从我们圆明园掠夺的珍宝，让人感慨唏嘘。

《蒙娜丽莎》油画前被好几层游客围住了，我们几乎没法走近，只能

左：断臂的维纳斯雕像，右：《萨莫特拉斯的胜利女神》塑像

卢浮宫内人头攒动

等待。我个头不高,连声轻轻喊着"sorry",好不容易从高大的西方人之间挤了过去。好啊,"蒙娜丽莎"对我"笑"了!原来这里有个玻璃橱窗,宝贵的油画放在正中,比想象中的要小。边上有三四个护卫人员。断臂的维纳斯雕像下有一个基座,尽管参观者也不少,但我不走近已能看到其全身,其造型、线条、神态和色调是那么和谐、妩媚。我以该雕像为中心,绕了一圈,四个方向都拍了照,雕像的美尽收眼底,真是大饱眼福啊!胜利女神石雕前没有围观者。比较一下这三件杰作,一是没有手脚和下身的,一是没有双臂的,一是没有头的,而"没有头的"受众就少,为何?看来值得比较分析。

  要不是同行者催促,我真舍不得离开。这里无疑为世界顶级艺术宝库。丰富微妙的感受一时不知如何言传,出了卢浮宫我还不停地回头看呢。

"大公园"里迷人处

花草树木遍布英国各处,绅士们说:英国即乡村。本人则认为,英国不"土",更像"大公园"。那"大公园"脍炙人口的经典景点不可胜数,先人、高手多有妙笔生花。拙文难以尽书,只能管中窥"宝",以分享那些尚未被充分注意的迷人之处。

草坪撩人

草坪撩人?草坪有什么花头?是的,草坪确实没有花头,有花头成花圃了。可英国的草坪多讨人喜欢啊。不管是伦敦等地有名的公园、其他小城镇的街心小园,还是牛津、剑桥等举世闻名的大学城、高雅清爽的庄园,均有一片又一片人们管理得极好的如茵草坪。说它撩人,在于其精致,机器修剪过留下的轨迹那么规整;草坪四周没有围栏,没有任何"爱护花草""请勿入内"等标语牌,完全开放;身处草坪,能充分颐养人心;人们在那儿躺下享受和风阳光,如同在海滩或摆开躺椅,或铺开毯子、席子大秀身材。那儿适宜漫步、撒欢、运动,于是高尔夫球场应运而生;那儿可以放牧牛、羊,所以畜牧业颇为发达;那儿能够养马、骑马,以至赛马成为英国人重要的社交活动。

精致得令人震撼的草坪要数丘吉尔庄园里的了。那庄园始建于1705年,当时安妮女王将牛津附近数百公顷的皇家猎场赐予马尔伯罗一世公爵约翰·丘吉尔,即二战后期英国首相温斯顿·丘吉尔的祖先,以表彰他曾击溃法军的赫赫战功。丘吉尔庄园的拱门内外,大片大片开阔的草坪足有上百公顷,大大提高了绿视率。草坡起伏着向远处延伸,直至天际线,可谓接天"青草"无穷碧。在明媚阳光、湛蓝天色、浓郁树林、清澈湖水的映衬下,整个草坪宽广、亮堂、丰饶、蕴实,气势不凡。从细处看,草儿简直

湖水的映衬下草坪宽广、亮堂

都一样大小,柔嫩、疏密,没有一点儿杂色异样;从整体看,一片片草坪像翡翠绿得透亮,像羊绒毯绿得温馨,像大海绿得醉人,你忍不住要投入,去拥抱、轻吻……

如此撩人的草坪,岂不就是德国著名浪漫派诗人荷尔德林所写的"诗意地栖居"之地吗?

表演引人

来到爱丁堡时正逢每年8月举办的世界性、综合性的艺术节。自1947年创办的艺术节至今已70多年了。节庆期间,相关的艺术活动接踵而至,其中有爱丁堡边缘艺术节、爱丁堡军乐节、爱丁堡国际图书节、爱丁堡电影节、爱丁堡国际爵士乐节和爱丁堡多元文化节等。每次盛会持续三周,全城就成为巨大的剧场。

室内的场馆、剧场内固然有戏,但只把注意力集中在那儿,可就错过别有风情的好戏了。因为五洲四海的艺人喜欢的是炫耀自身五花八门的

游人一批又一批

技艺,世界各地游客喜欢的是轻松随意地尝"鲜"以饱眼福。场馆外的一些街道、马路为各类艺人表演和游客观赏提供了自由的共享空间。位于130多米高斜坡上的爱丁城堡连接着皇家一英里大道,这是来自世界各地的民间艺术家、街头艺人向不同肤色、不同信仰、不同年龄人群尽情表演的最佳天地。该大道两旁多有各色商店和住宅楼,换言之,艺人展示就在游客、居民等各类人群的身边。重要的在于有戏。整条大道人来人往,人群围成大圈或小圈。

　　看看被围在中心的那些手艺人的技艺吧:一个高鼻深目、头发斑白的帅哥双手扯着风铃,发出嗡嗡的声响,一会儿他两手往两边一拉,风铃一下被抛向天空,顷刻哗地落下,第一次抛了两三米高,第二次抛了五六米高,第三次抛了八九米高,之后他两手扯着的绳子又稳稳地兜住那个风铃。周围掌声四起。外国人能把中华技艺玩得如此娴熟,值得喝彩。

　　探戈舞曲响起来了,我也被吸引过去:一对高挑男女手拉手上场,两人相拥而抱、翩翩起舞,节奏明快、动作热辣;一曲跳完,两人又分别翻筋斗,演起杂技了。

又来欢呼声了：有来自韩国、穿着民族服装、戴着圆帽摇动长长飘带划着圆圈的，有穿苏格兰短呢裙演奏风笛的，有熟练地从手绢中"无中生有"出小动物变戏法的，有穿着阿拉伯大袍叠成七八米高人梯的，有扮成美式小黄人或动画片中卡通人物的，有带着商品广告标识秀肌肉的，有在小提琴伴奏下合唱的，还有行为主义者扮演的模特等。音乐声、喝彩声、鼓掌声、扩音器声此起彼伏。发商品广告者在人流中穿来穿去。艺人、游客如同吃自助餐那样各选各的喜好来享用品尝，于是来一批，走一批，便捷而有序，热闹而友善。

我在这上百米的大道现场只发现两个穿警察制服、戴墨镜的持枪者，靠墙肃立。另有若干穿反光翠黄色马甲的志愿者夹杂在观众中，他们神态自然，方寸不乱。

爱丁堡把世界多种文化与艺术融合在这座苏格兰的山峦古堡城中，这当然得益于爱丁堡人包容的胸怀和管控的智慧。导游说，他在英国8年了，这里的治安还是不错的。这不也是一种社会治理的技艺吗？基于此，各类艺人的表演才有了炫耀引人的自由空间。

装饰怡人

装饰要怡人，物件很重要。大英博物馆里装点着埃及木乃伊，爱丁堡城堡内装点有1540年设计的苏格兰王冠、5英尺长的稀世巨剑等稀世珍宝，这些价值连城的物品无疑诱人。而这里所说的装饰，是指该国城镇建筑物内外的装点。装饰物本身要美，更可贵的是如何装饰、布置，如何精巧地将设计变得优雅，让物品变作品。

那些作为商店、住宅的房屋并不高耸，房型颇为传统，墙面体色也不亮丽，而五彩缤纷的鲜花却带来了勃勃生机。众多鲜花装在各种吊篮、花盆或窗台前的木槽中，吊篮或花盆又被装点在各种显眼之处。创意来了：鲜花竟安插在皮靴中，让你想象出脚下生"花"的奇妙；鲜花被装点在自行车车轮的钢丝上，让你联想到人骑车穿行过花海的浪漫；鲜花"长"在被洗刷干净的垃圾箱里，让你意识到曾经的废弃物也会变得美丽……放入的鲜花自有诸种层次的色泽，同样是红的，也有粉红、橘红、紫红、玫瑰红等组合，多彩多姿、争奇斗艳。博眼球的不只是多彩多姿的花，类似冬

鲜花插在皮鞋中

青的植物被别致地"拗"为盘旋的S形，安置在沿街商店门口，犹如身姿曼妙的礼仪小姐在迎宾，又仿佛在说"走过路过不能错过呀"！人们忍不住要进门去看看究竟有何别具一格的新奇物……

室外要装饰，室内的装点也有讲究。那天我们在曼彻斯特入住一家不大的旅馆。它给我们的第一印象并不好，因为进大堂所在的第一层要走台阶，没有电梯，我们都有大包小包行李，十分不便。旅馆接待方派了高个子小伙来帮忙，可他也忙不过来。等我们人进了大堂，顿时都懵了，这是旅店，还是图书馆阅览室？色泽柔和而别致的枝型吊灯下，四面墙壁顶天立地都是书架，层层叠叠、整整齐齐地摆满了书。沙发围在壁炉和书桌旁，地毯色彩和谐，再多的人走动也没有响声。如此装点加上高个子小伙的绅士风度形成的洋气、浓郁的书卷氛围，一下子就把我们的烦躁冲到九霄云外了，让人心旷神怡。等我们坐在沙发上等候拿房卡时，有人发现写字台桌面上摆的大部头书是真的，四周墙面很齐整的"书架上的书"都是墙纸。可我们并不抱怨"被欺骗"，却认定是被这怡人的书卷气感染了。淡淡地、自然地，我们产生了一种享受此地文化的自信，情不自禁要为如此优雅房间的设计者及其创意点赞。

英国这个"大公园"真有不少迷人之处，如同天天喝咖啡，从中品味，继而品评，于是感到值得品尝，并琢磨如何恰当地借鉴。

（原刊于《教育学》2017年8月，第148页）

大洋彼岸别样景

太平洋彼岸的美国西部往往是人们优选的旅游区域，那儿的异国风情确有看点。就如一千位观众看了莎士比亚的《哈姆雷特》，心中会有一千个"哈姆雷特"一样，不同游客眼中、心里、笔下的美国西部也是各显其异。本人试图为读者呈现一道道别样的风景线。

壮观峡谷感人心

美国亚利桑那州西北部高原上的大峡谷是世界奇观，被联合国教科文组织列入世界遗产名录，闻名遐迩。当年美国总统西奥多•罗斯福来此游览时，曾感叹："大峡谷使我充满了敬畏，它无可比拟，无法形容，在这辽阔的世界上，绝无仅有。"只有身临其境，亲眼目睹，对其壮观才会有切身的体验。

说其"大"，因为该峡谷绵延440多千米，大致呈东西走向，宽度在6千米至25千米之间，平均谷深超过1500米，谷底宽度762米。科罗拉多河在谷底汹涌向前，形成"两山壁立、一水中流"的壮观景象。河水层层切割出的岩石断面，展现了从亿万年前至今的地球形成史。

"大"带来了惊险。当我站在山顶俯视、远眺时，真有"高处不胜寒"之感。景点的观赏处都有预警告知牌。导游在尽情介绍、描述大峡谷的风情时，也再三关照"不要走近深渊边沿地带"。看见年轻人为了拍照，走向险处即便没走到边缘，我的心就悬了起来，腿脚也软了。忽然，马达声传来。原来是一架轻型直升机正从我所在的山顶下方飞过，我竟然可以看到飞机的上方，看清了飞机的背部。这倒是个新视角、新形象，于是赶紧拍照。身处险境就能观赏到新鲜风光啊。

更新鲜、有特征的是连绵不断的山头都呈"平顶"，犹如数不尽的天然的巨型平台，为典型的"桌状高地"，也称"桌子山"，即顶部平坦、侧

陡峭的山岩，无底的深渊

面陡峭的山。从山身来看，最明显的是平行的沟壑，就如"条形码"。因两壁岩石的种类以及所含矿物质各异，山石之色各有不同，或一块块土黄，或一方方深赭，或一团团黝黑，或一片片铁灰，既有对照，又有映衬。只有"老天爷"的鬼斧神工才能"砍劈"出来，"刻画"出来，"涂抹"出来。有地理知识的人都能理解，是大自然成年累月的"风化"造就了这惊人"杰作"。

　　导游介绍，我们来的前几天，这里气温高达45℃—46℃，时有暴雨。我们到的那天只有35℃—36℃。坐在大巴上，忽见广袤的天际线处飘来片片乌云，五六分钟后，车窗玻璃就被雨点打得噼噼啪啪作响，大雨瓢泼而下，并听得到呼呼的风声。车到了一个印第安人村落景点，我称它为大峡谷的"小博物馆"。这时雨过天晴了，我们感受到了大峡谷瞬息即变的天气，又入"馆"学习这大峡谷的历史了。

"小博物馆"集中展示了大峡谷草创时期的简陋，木板屋、库房、马厩、马车、小赌场、小酒吧、角斗场、绞刑架等，还有当时使用的粗糙的工具、设备，简直就是当时社会的浓缩版。全身牛仔打扮的接待人员为从世界各地来的游客演示角斗、驾驭马车、摆弄绳套等。一位头发花白、腰间挎着左轮手枪的"牛仔"正在教一位金发女士射箭。她先是不敢拉弓，后来又射偏了；他却颇有耐心地一遍又一遍传授，还很幽默地交流，看起来她很满意。这些活动能让远道来此的异域人士体验当年开拓者的气度和胸怀。换句话说，西部大峡谷的壮观中少不了人的因素吧。

梦幻工厂戏事多

美国洛杉矶的好莱坞环球影城是美国加州最受欢迎的主题乐园、全

"梦露"打棒球

球最大的电影制片基地,被誉为世界著名的"梦工厂"。入园后,只要乘坐游园列车,就能亲身体验梦幻般的布景、特效。在上园区有史瑞克的四度空间历险、范海辛鬼屋,在下园区有木乃伊、恐怖的室内云霄飞车,还有侏罗纪公园搭电动小船的丛林探险……在园外,好莱坞星光大道、奥斯卡金像奖颁奖典礼举行地——杜比剧院以及著名的中国剧院,同样给人提供了寻梦、追梦、圆梦的美妙天地。可谓处处有"戏",时时是"戏",人人皆"戏"。

　　有关电影《未来水世界》的真人表演就在一个环形的大场地内。那里三面都是阶梯式无号长排座,中间围着碧蓝的水池,池边有电影中水世界的布景。场子设了好几个入口,数千观众潮水般涌入。看这架势,这场戏一定精彩、刺激,人气爆棚啊。场内没有警察,也没有任何穿制服、佩标识的管理人员,而观众来自世界各地,语言不通、肤色不同、年龄不一,这样不对号入座,会不会乱套?尽管没有出现争先恐后的现象,但还是能发现正对着水池的、前5排视野相对好的位置自然先有人坐好了,大概因

迪士尼乐园的舞蹈

互不相识,一批人与另一批人之间的座位尚有空档。而门口进场的人络绎不绝。这时,我发现水池边一个戴着陈旧破帽、穿着洞洞衣裤的"海盗",提着一个四周有漏孔的水桶,冷不防地向留有空档的座位方向泼去。那边的观众不明不白地被泼了水湿了身,便向那位泼水的"海盗"投去质疑的眼光,也许下一刻就会爆发格斗。"海盗"却笑着、比画着柔和的手势,示意让已坐下但坐得不规范的人再挪动一下,挨得近些。不一会儿,他又拿出一支"水枪",狡笑着向不愿及时挪动的人喷射。等这些人按他要求坐好了,他又给了笑脸。这一褒一贬,没用任何语言,不管来自何方的观众都服从他的调教、顺从他的指令坐到位了。不一会儿又来了两位"海盗",干起了同样的"勾当"。后进场的观众看到了已上演的"海盗调教"之"戏",自然也明白该如何做。场外黑压压的人群及时有序地疏散到了合适的位置上,没有发生任何不愉快的吵闹。音乐骤起,正式演出按时开始了。看来,少不了"调教"的功劳吧。

环球影城内,大大小小的建筑上都有与好莱坞影片有关的图像。行走在园区街道上,不时会与"卡通人""雕塑人"相遇,与你握手、交流,把你当个角色摆"造型"。我手中的相机一刻也不能休息,真希望它变成360°全方位扫描仪。欢快悦耳的音乐由远而近,一辆辆五彩缤纷的车"闯"入眼帘。其中一辆粉红色的敞篷轿车上走下一位银白连衣裙的金发美女,被四位穿天蓝色短裙的少女簇拥着。啊,这不是"玛丽莲·梦露"吗?她那梦幻般的眼神、妩媚多姿的体态一下就成了万众瞩目的焦点,游客不断围拢过来。"梦露"站到了一个四方形的平台上,台面上好像有吹风口,把她的裙摆向上吹起,她趁势摆弄着衣裙翩翩起舞,不亦乐乎!掌声四起,相机闪光不断。此刻,"梦露"却从台上下来,直奔正对着她的白种人群,一个黑发帅哥被她牵着手站到了台中央。"梦露"双手勾住黑发帅哥的脖子,一只脚高高翘起,四位蓝衣女围着她潇洒地跳起来。尖叫声一阵压过一阵,游客中大胆的男子上前要求与"梦露"合影,她大大方方地接受,还打起飞吻。人群中不时有人上前"抢镜头",急吼吼的姿态各式各样,也许都梦想当个帅气的配角,结果却成了个丑角。

每年2月底3月初,美国洛杉矶的杜比剧院绝对是世界瞩目之处。翘首以盼的奥斯卡金像奖的颁奖典礼在此举行。于是,杜比剧院门前的星光大道也就成了一大胜景。与寸土寸金的星光大道垂直的那一条直通好莱坞的大道,自然也身价倍增了。到现场一看,这条路果然气势不凡:宽阔开放、明亮热闹、逐级上升。抬头看,最引人注目的是此路的正前方有一高高的山坡,上书耀眼的白色的英文"HOLLYWOOD"。低头看,大路正中横着一张淡雅咖啡色的双人床。而这条路就在此床的后面"断"了。好几个不同肤色的小孩爬上此床嬉闹,如同在自己家里一样无拘无束。一对对年轻的西洋青年男女手拉手、相拥坐在此床上留影,似乎并不在意要踏进好莱坞之门,大概更乐意享受好莱坞之梦的美好,哪怕是片刻、瞬息的。当然假戏可能真做,真戏也可能做假,老年游客大多显得清醒些,他们只是把它当"戏"看看而已,没兴趣以此为背景拍照了……关于"戏",演戏的、写戏的、导戏的、评戏的、看戏的、卖戏的等各种人都可以去想象、思考和应对。

霓虹璀璨灯光秀

拉斯维加斯作为美国内华达州的最大城市,是以赌博业为中心的旅游、购物、度假圣地。拉斯维加斯之夜的"灯光秀"霓虹璀璨、惊艳难比,集中了专业的光电科技智慧,凝聚了照明艺术设计师的心血,值得品赏。

百乐宫酒店前的灯光喷泉

夜幕甫临，导游先领我们去参观几个别致的大酒店。一个酒店叫"威尼斯人"，那里的大堂是把意大利威尼斯的圣马可广场"搬"来了。2008年我去过意大利，两者比较，除了意大利圣马可广场有成群的鸽子飞来飞去外，这儿的场景几乎能"以假乱真"了，特别是大堂顶棚由灯光"秀"成"蓝天白云"，太美了。另一个酒店叫"百乐宫"，长方形的大堂似乎比足

酒店门廊顶棚的灯盏

球场还要大。五彩斑斓的顶棚全是玻璃制成的各种花卉的造型，据说上了吉尼斯世界纪录。再往里走，各种灯饰镶嵌在雕塑布景里雅致又新奇，有花卉树木、建筑模型等。大堂的另一边灯光闪烁、人头攒动，导游说那就是赌场。原来，这里的赌场并非集中在一处，而是分散在各个酒店、旅馆、商店等地。

从"百乐宫"出来，发现一些酒店的正门门廊顶棚上灯盏密集，如成百上千的满天星，堪称极致。走到大街上，可以看到那通体由雪白、金黄灯光照亮的"埃菲尔铁塔""凯旋门"等闻名的景观。如果你到了巴黎也绝对不可能同时观赏到全身镀"金"的这些标志性建筑。

灯光喷泉表演开始了，我们的目光被吸引到"百乐宫"前的湖泊。先是小小的水柱，而后一下子水柱"长"成十几米高，一眨眼，三十多支水柱连成了水幕，不一会儿水柱又甩来甩去，高高低低地跳起"舞"……灯光水影，交相辉映，格外闪亮。

更精彩的灯光秀集中在一条有90多英尺高的天棚的广场上。晚上8点后，这里就人山人海了。人们的照相机、摄影机都对准那一条狭长的天棚影幕。其灯光画面时而纵向运动，时而横向运动，时而又蛇形运动；画面中有的形象一会儿是字母，一会儿是人物，一会儿是几何图形；色彩也变化莫测，要么是对比色，要么是类似色，要么兼有对比色与类似色；配上动感音乐，激荡、热烈，让人欲罢不能。

只要你不想睡，拉斯维加斯的灯光秀够你看上一宿又一宿。

灯，是美国人爱迪生发明的。美国人似乎并不止步于科技上的某一项首创，而是把科技与艺术"嫁接"起来，做大、做多、做美、做强，淋漓尽致地焕发灯光之魅力，于是它变得既有震撼力，又有感染力。

各位不要满足于"看"、沉醉于"看"，还应好好"想"、好好"品"。"品"有三个"口"，应多多咀嚼消化，切忌囫囵吞枣啊。

（原刊于《旅游纵览》2017年10月，第65页）

登高望远开眼界

到一处旅游,性价比高的一种选择就是登高俯瞰。孔子云"登泰山而小天下",杜甫诗曰"会当凌绝顶,一览众山小",王之涣写道"欲穷千里目,更上一层楼",都精要地点明了登高可以把"天下"尽收眼底的妙处。这次到加拿大的多伦多、蒙特利尔和魁北克等城市,就登上当地的至高点,一睹为快了。

国家电视塔

多伦多市最高建筑是553.33米的加拿大国家电视塔,也是世界上排名第二的自立式建筑,每年有超过200万人次参观。该电视塔1976年建造,塔身断面呈Y形,由基部逐渐向上成一单柱,自下而上由基座、观景台、"天空之盖"和天线塔组成。电视塔内建有金属阶梯共1776级,是世界上最高的金属阶梯。

电视塔独特之处是在观景台安置了玻璃地板,这块呈扇型的玻璃离地面342米,俯视玻璃下面的景物,让人胆战心惊。但我们还是硬着头皮小心地踩上去,原来也无大碍。最享受的是在距离地面351米的360°旋转餐厅观景台欣赏美景、品尝美食,这个餐厅旋转一周需70多分钟。那天晴空晶蓝,阳光下高楼林立的多伦多市中心城区一览无遗。地铁列车如银色的带鱼,成串的轿车似蚂蚁般行进,波光粼粼的湖面上游艇开过留下闪亮的弧线,直升机转动着旋翼在我们眼下呼啸而过……

奥林匹克馆

蒙特利尔是加拿大仅次于多伦多的大城市。作为蒙特利尔奥林匹克体育场的一部分,蒙特利尔塔是世界上最高倾斜度的无支架瞭望塔,1987年建成,离地高度为175米,倾斜度为45°,而比萨斜塔只有3.99°。有人说

蒙特利尔塔如"人"字

从空中看此斜塔如眼镜蛇,但站在地面,有的角度看它如插入地下、露出把手的网球拍,有的角度看它如跳水台,有的角度看它如巨大瘦长的"人"字。

　　登上此塔不是坐电梯,而是乘缆车,并且为罕见的双层缆车。缆车厢特别大,可坐50多人。到塔顶只要2分钟。透过塔顶全玻璃的观景平台,天气晴朗、能见度高时可看到市区和方圆80千米内的风光。塔身下面的几层设有美术厅,陈列着有关公园历史的展品。塔基处的游客大厅设有信息台、售票处和展览厅。登高远眺可见圣劳伦斯河,近看有蚌壳式的运动医学中心、头盔式的自行车比赛馆、阶梯式呈等腰三角形的奥运村,当然还有田园风光和民居了。

城堡酒店

　　魁北克市是魁北克省的首府,是加拿大第七大城市和重要港口,在魁北克省面积次于蒙特利尔位居第二。全市70万人口中绝大多数的居民只讲法语。你与他讲英语,他只能用法式英语回答。城内民居多为楼梯、阳台在外的法式风格。

登上城内高坡上的芳缇娜城堡酒店俯瞰，最明显的特色是那古老的欧式城墙。尽管城墙不高，但4.6千米长度，也够壮观了。这是墨西哥以北地区唯一留有古老城墙的景区。由上往下的视角将城墙内外城区鲜明地作了对比：古城墙外，新城区耸立着摩天大楼，飘扬着蓝白色的魁北克旗帜，充溢着现代气息；古城墙内，老城区有古炮台、广场铜像、古堡酒店、凯旋教堂、艺术画廊等，不失欧陆的古典优雅。狭窄的古老商业街——小尚普兰街，洋溢着法兰西的浪漫情调。再往远处看，圣劳伦斯河与圣查尔斯河在此交汇，河面收缩至不到千米，而魁北克市恰好扼守在此关节要道上。据查，"魁北克"在印地安语中就有"河流变窄"之意。

不管怎么"变"，登高一望，景色历历在目，相应的历史人文状况了然于心。登高则可望远，望远则可思深。所以，人要往高处走，要肯登，要放眼！

在蒙特利尔塔上远眺

"车水马龙"说韩国

用车水马龙来形容韩国城市的交通状况一点不为过。在本人所到过的首尔、济州岛等地,马路上机动车似长龙游动,那一长排车没有几百辆,也至少有几十辆。我看不到交通警务人员,听不到发动机和喇叭声,井然有序、川流不息。车流中绝大部分是轿车,几乎清一色的是雪白的"现代"牌。我们中一位游客好不容易发现一辆日本的"丰田"车,一问,才知道是日本某家公司的。要找一辆自行车也颇为困难,我只在偏离市中心的住宅区看到一个小伙子骑了山地车在兜风。

机动车川流不息

来到汉江边,这里江水清爽、水流平缓。让人奇怪的是江面没有航行的船只。好几座跨江大桥的桥孔、桥墩都相当低矮,一般的船只都没法穿行。韩国政府曾明令禁止在汉江航行、捕鱼,明令禁止在汉江自杀,如投此河自杀未遂,要负法律责任。这些措施对保护汉江、做好环保确实发挥了作用。难怪人来这里,打开直饮水龙头就可放心地直接饮用了。

马路挺干净。路旁的商店门面都不大,招牌上的韩文十分醒目,即使有英文、中文的,边上一定有韩文。据说,当年新加坡总理李光耀来此访

汉江明净、平缓

问,看到招牌上大都写着中文,说感觉就像在新加坡一样。这可刺激了韩国的首脑人物,有关领导立即下令所有招牌上一定要有韩文。可见韩国人民族自尊心之强。

20世纪50年代,韩国贫困交加。战后,韩国国民勤奋工作,国家发展就如骑上了奔马,一日千里。为了改变悬殊的城乡差距,他们推行"新乡村运动""新生活运动"。而后,全国的识字率从曾经的60%上升到98%,年轻人中已无文盲了;农村中已无茅草屋,都是坚固、整洁、漂亮的瓦房;原来的荒岛——济州岛成为无盗窃、无乞讨、不锁门的富裕之地。

韩国是20国集团和经合组织(OECD)成员国之一,为"亚洲四小龙"之一。20世纪60年代以来,韩国政府实行了"出口导向型"经济开发战略,缔造了举世瞩目的"汉江奇迹",成为拥有完善市场经济制度的发达国家。韩国的通信科技产业一段时间以来令人瞩目,制造业发达,除高速互联网服务闻名世界外,内存、液晶显示器及等离子显示屏等平面显示装置和移动电话都在世界市场中具领先地位。进入21世纪,韩国没有止步。

济州岛的龙头岩

他们加大了对社会基础设施的投资，调整产业结构，其通信业、造船业等方面令世人刮目相看，经济发展可谓马不停蹄！

联想到在济州岛的龙头岩，那是由火山喷发出的岩浆冷却而成的，别致的造型就像一条腾飞的龙的龙头。韩国人凭其自尊和勤奋曾为"亚洲四小龙"之一，确也名不虚传。

（原刊于《自仪股份》2006年11月15日）

它们只在德国

古堡、童话、啤酒是德国的标志性事物。它们涉及众多景物，其中又有不少是德国所独有的。本人见闻有限，以下所述，仅为代表。

天鹅飞到古城堡

德国巴伐利亚新天鹅堡，全名新天鹅石城堡，始建于1869年，邻近年代较早的高天鹅堡，又称旧天鹅堡，距离菲森镇约4千米。巴伐利亚山区原来有两座中世纪古堡，毁坏后被巴伐利亚国王路德维希二世选为建新天鹅堡之地。路德维希二世是茜茜公主的表弟，据说，他一直暗恋茜茜公

群山中新天鹅堡若隐若现

主。当他入住未竣工的新城堡时,茜茜公主特意赠送了一只瓷制的天鹅以示祝贺。因为天鹅象征纯洁、忠诚、高贵,路德维希二世就将此城堡命名为新天鹅堡。

古堡一般都是军事建筑。新天鹅堡建在三面绝壁的小山峰上,背靠阿尔卑斯山脉,下临一片广阔的大湖,地势险要。它白墙蓝顶,城堡四角为圆柱形的尖顶,上面设置了瞭望塔,但没有其他防御设施。我来此景点的那天下着蒙蒙细雨,在连绵起伏的群山中,新天鹅堡若隐若现,陡直洁白的墙体、黛蓝高耸的锥顶,其风姿、气势相当招人,却又似乎不让人看清其名声在外的"真面目"。城堡内充满了以天鹅为主题的精美装饰,从壁画、门把手到浴盆都可以看到天鹅优雅、俏丽的倩影。当然还有彩色大理石地面的舞厅,金碧辉煌的大殿,名贵锃亮的古董、珠宝和艺术品等,尽可欣赏。

走出该城堡,到连接两山的玛丽安桥可以拍摄新天鹅堡的全景。来到城堡旁的阿尔卑斯湖畔,明净又平静的水面被几只洁白的天鹅划出优雅的弧线。不一会儿,天鹅又展翅飞舞,弧线的优雅在更广阔的空间中拓展、变幻。天鹅和城堡似乎在交融,能把人迷醉了。

童话显身村镇墙

德国人擅长逻辑思维,他们的刻板严谨颇为闻名。然而,德国人同样精于形象思维。格林兄弟既能把从童话、神话、传记中收集到的东西整理成文字,还很严谨地考证这些童话的出处,也能用情节曲折但不离奇的故事、朴素却不单调的叙述精心地描绘出来。100多年来谁不喜欢青蛙王子、睡美人和灰姑娘等童话中的形象?这证明逻辑思维和形象思维并非对立,完全可以相互促进、完美结合,焕发活力。

上阿默高坐落在德国巴伐利亚南部阿尔卑斯山脚下,是闻名的壁画小村镇。全镇约有100多户人家,几乎每家民宅屋外墙面上都有当地人画的图,大多数是宗教题材如耶稣受难,还有《格林童话》中如《白雪公主》《大拇指》《不来梅的音乐家》和《灰姑娘》等经典的形象,以及其他各种人物、动物、花边装饰等,透露出不同家庭的信仰、爱好、文化、职业等各样的信息。小的画幅约有一两个平方米,大的差不多占据了整面墙

墙面上的单幅童画

壁,每幅画都线条流畅、造型逼真、色彩明朗。形象的画面讲述一个故事或一种向往追求,整个村镇就像一座户外童话博物馆。

可以说,德国的广袤土地上几乎都能找到童话显身村镇墙面的景象:自然景观、人文生活、童话形象结合、渗透、交织起来了。"融景"与"融艺"使得远离城市相对缺乏艺术博物馆等文教资源的乡村得到了补偿。人的逻辑思维和形象思维通过身边墙面童话的传播、滋润,创意素质的普及和全面发展有了支撑。

啤酒吧台能自行

德国为全球顶级的啤酒之乡。它不只拥有全球最古老的啤酒酿酒地,还有1300家酿酒企业,5000多个啤酒品牌,是世界上啤酒种类最丰富的国家。喝啤酒普遍被认为是德国人最喜爱的休闲活动,不是进餐时才喝,而是随时随地喝。德国各地几乎都有啤酒公园,只要天亮了,人们就蜂拥来到啤酒公园,尽情享用啤酒。每天都有近万升的啤酒运往大大小小的酒铺、酒馆、宴会厅以及啤酒园。

如此超级的啤酒生产和需求必然会催生配套的产物。于是,"自行"的啤酒吧台车诞生了。那种"车"不是自行车和吧台的简单"相加",而是

107

啤酒自行车

整合"相融"。作为开放式、可行进的、长方形的平台，它将一个四面都设座位的条形酒吧台装上天棚，天棚上有关于啤酒广告的文字和图案，能遮阳挡雨；平台下面装上四个橡胶车轮，前部的车头安置了标志性的啤酒桶；吧台四边都可坐酒客，每个人的脚下都设有脚踏的自行装置，车后部的酒客用方向盘控制行进方向。车上最多由16人围坐在一起，一边脚蹬踏板前行，一边畅饮啤酒。兼有自行车、酒吧和广告展示功能的"啤酒自行车"在德国许多城市的街头不时可见。它操作方便，绿色环保，可以满足人们边喝边看的欲望，大饱口福和眼福。本人亲眼目睹了坐在那"车"上洋洋得意的酒客的神采。啤酒酒吧车行进时酒客们就像划龙舟的众人一样齐心。只是我担心如果这车上的人喝醉了，有应急把控措施吧？

这种满足人人、时时、处处享受啤酒的创意产品，让德国的啤酒文化更发达、更兴旺了。

"白"说希腊

"到了,到了。"同乘一条邮轮来希腊圣托里尼岛的"驴友",指着天际线上出现的那耀眼白色长带呼喊着。我因视力不佳,依稀看到的像是积满白雪的带状山坡。船靠码头了,看清了那是以引人注目、催人思索的"白"闻名遐迩的建筑群落。

坐在去所住酒店的大巴上,长相各异的景观扑面而来。依着山势和爱琴海,大大小小、高高低低的闪白建筑挨挨挤挤,密集而成群地呈现。间或稀疏地有蓝色圆顶教堂、红色三叶梅和绿色的葡萄丛、橄榄树点缀其间,不甚明显,难怪远看时如皑皑白雪。由黑海滩到红海滩,由伊亚小

白得亮丽的建筑

雅典宪法广场的议会大厦前总统卫队士兵换岗仪式

镇到费拉小镇，由迷阵般的小巷到设施完备的石洞民居，由人来车往的街市到560多米高的山顶肃穆的修道院，总少不了飘扬着白蓝相间希腊国旗下白得亮丽的建筑。

当地导游解释说，在无彩色中，白色明度最高；在彩色中，明度具有较强的对比性，它的明暗关系只有在对比中，才能显现出来。希腊南部地区及各岛屿地处地中海沿岸，属地中海型气候，全年气温变化不大；北部和内陆地区属大陆性气候，冬季温湿，夏季干热。作为岛国，希腊航海业十分发达，这里又曾多次发生火山喷发。面对褐色的山和湛蓝的海，漂泊航行的人迫切需要找到方位，希腊人认准白色在阳光反射下最为明亮。这与我们在来此旅途中的实际感受是吻合的。那么多建筑如此统一地"闪亮"登场还有个原因，是地质条件使希腊盛产大理石，当地人自然选用了大理石作为主要建筑材料，以致建筑物表面通透纯净、洁白无瑕。希腊民居外墙都选用白色的反光涂料，以增强亮度。可见，"白"之亮白澄净，有

洁白的躺椅、遮阳伞为人留出充足的空间

指引方位的作用。

在餐馆、咖啡店、酒店与当地人接触中的所见所闻让人有了新认识。希腊人喜欢喝羊奶、喝冰水。他们很偏爱冷拼盘,与我们不同的是,那盘中的作料都是没切过的,几乎是整棵菜叶、菜帮端上来了;西红柿、黄瓜等算切开了,但都是生的,不过油。真怀疑提供这种餐食是要让我们当一回"原始人"。烤肉、干烧鱼、烤鸭、西瓜盅、干炸大虾、烤羊肉串、软炸鸡、鲜菇青笋尖等风味菜肴也不如我们国内做得那样浓油赤酱、正宗地道。他们常吃的甜品晶莹剔透,都呈现纯洁而诱人的"白"。联想到希腊人浓厚的宗教信仰中白色代表圣洁,可以说"白"又有清白的含义了。

希腊民族本身有一种欢乐和活泼的本性,表现为喜欢空白、休闲、缓慢、自在。在雅典宪法广场的议会大厦无名烈士纪念碑前,有总统卫队士兵换岗仪式。不要说与俄罗斯莫斯科红场无名烈士墓前那节奏紧凑的士兵换岗比,就是与英国伦敦皇家卫队的换岗比,希腊的这个换岗仪式也可以算超级慢了。那两名被海明威戏说为"穿着芭蕾舞裙子打仗"的卫兵,走着"太空步",说白了就是把连续的走动拆分为一个个慢动作,动一下要定格一下。没想到相距只有十来米距离的岗哨,两边的士兵互换位置竟用了整整20分钟。"白相"得可真"有空哟"!换岗仪式尽管有"秀"的

利用屋顶空间造泳池

因素,但当地警察也"空闲"成性,他们因鲜以在需要的时机在公共场合出现而被老百姓称为"稀缺物种"。这已在相当程度上表现了该国国民喜欢空闲、缓慢、自由的倾向,而广大上班人员的作息时间更能说明问题。他们午休时间通常冬季为14:00—17:00、夏季为13:00—17:00,简直要空闲半天啊。我们到希腊那天恰逢周日下午,街面店铺基本关门了,只有咖啡店开着并座无虚席,喝咖啡闲聊是他们生活的常态。导游介绍说希腊人口才甚佳,大多能言善辩,爱在闲聊中玩幽默。灿烂的古希腊文明的创造不能说与此无关吧。据说,那些年债务危机致使不少生产行业倒闭,然而咖啡店始终欣欣向荣。诸多希腊旧城遗址表明,从当年城邦构成的"要件"来看,除了喝咖啡之外,还少不了浴场和用以演戏或开会辩论、演说的剧场。看了当年的浴场自然联想到如今的泳池。首都雅典地皮紧张,著名的总统酒店就在顶层建了相当阔气的游泳池。圣托里尼岛那些大大小小的宾馆(包括悬崖酒店)、民居内都置有从有限地盘中"挤"出的形状各异、摆放着洁白躺椅和遮阳伞且风情万种的泳池,因为那是"刚需"啊。从这个意义上说,"白"是空白、空闲、留白,是给奔放驰骋的希腊人的活力和自由留下宝贵的空间。不过,当今希腊经济和社会整体而言在欧洲处于颓势,也不能排除是没有用好这宝贵空间的原因吧。

柬埔寨的稀奇物

暹粒是柬埔寨的一个省，因高棉吴哥王朝全盛时期遗留的吴哥寺而闻名于世。那宏伟的石垒庙宇、精美的浮雕石刻、高耸的锥形塔楼令人震撼，但还有不少让中国游客感兴趣的事物。本人就发现有几样稀奇物。

屋墙长树

在大吴哥等地，那些说不上名的树真高，十几米的、二十几米的随处可见。更奇怪的是这么高的树竟能长在屋顶上、墙上、门上。

在建于12世纪末的尊奉婆罗门教及佛教的塔普伦寺门口，就有一棵"摩天"大树盘结在寺门口的围墙上。如果你平视，就能看到它那粗壮的、灰白的、分叉的树根，就像向下展开的树干。如果你在树下抬头看，那就树荫蔽日不见树冠了。问柬埔寨籍导游这是什么树，他说这叫"空瓢树"。怎么写？他说不会。我估计是译音。进了寺，这样的景观不止一处。某些树根如巨大的章鱼"张牙舞爪"，某些树根如巨手手指包住屋顶，某些树根如巨蟒趴在墙顶上，某些树根如胡须垂下，某些树根如罗网罩在墙面上，等等。

在崩密列，那个依然被严密包裹的倒塌的先朝庙宇故地，也有巨树长在断裂的柱石和残缺墙壁上的景观。我还看到一棵亭亭如盖、潇洒地长在十几米高的废墟上的大树，颇为大气。而这些树树根的共同"爱好"是裸露在外。大概是这里的空气、阳光比黄土更适宜于它们生长吧。

大象美容

大象是吉祥的象征。骑憨厚、高大、稳重的大象，意味着升迁、成功、稳定，颇受游客欢迎。

我发现这里所有的大象都是漆黑的，背上铺着赤红的毯子，架着长

树根长在屋墙上

方形的供两人乘坐的椅子,有火红色的坐垫。"驾驶"大象的象夫穿着猩红的马甲。在我的印象中大象肤色斑驳,是灰白的或灰蓝的,怎么会一律是深黑色的呢?

　　导游告诉我们,这里大象的皮肤本来很难看,灰白不均,为了给大象美容,当地人特地在大象身上涂抹了均匀的黑色,这就像给大象穿上了一件黑色的礼服,配上红毯、红垫、红衣,会产生厚实、平衡、稳定的感觉,在绿树黄土的映衬下醒目亮丽。游客悠闲地骑在大象背上,随着大象的步伐一颠一颠有节奏地轻轻晃荡,相当享受。

　　所以,在这里骑大象就更受青睐了。

"摩托"组合

　　一出机场,黧黑肤色的柬埔寨人就会围上来问你要不要乘"突突"车,即摩托车。可这里不是让乘客直接坐在摩托后座上,而是坐在二轮摩托车后另挂上去的、可坐四人的车厢里。实际上这车也可叫摩托"马车",

即把马匹换成"摩托"牵引,车厢是用一个铁架搭在摩托车的后座上,一旦卸下车厢,还是一辆二轮摩托。这个车厢有个简易的铁架,两人有靠背,另两人没靠背,铁架支起平面的篷盖,下雨时四面可放下挡雨布。四个人坐着,不算宽敞,也不算挤。在市内坐一次也就1美元。马路上最多的交通工具就是这类"突突"车。

在暹粒的那几天中我就看到这种摩托有两人乘的,有三人乘的,还有四人乘的,甚至有更多人乘的,不过是一个大人驾驶,前后挤着四个小

组合式摩托

孩。中国游客见了既感到稀奇,又感到担心。这交通安全怎么保证?

这种摩托除了坐人还可装货。少量的货物就放在后座上,货多的话,当地人就把摩托车和装货的车斗组合起来。有的货车厢挂在摩托车后就成了小卡车,有的货车厢安置在摩托车的左边。我就看到当地人把一个装着食品的玻璃柜和二轮摩托组合起来,成为流动食品车。

也许把"突突"车改称"组合式摩托"更恰当确切吧。

(原刊于《老年文艺》2014年3月,第56页,原文标题《暹粒三怪》)

在泰国的困惑

到了泰国,看到不少诱人之处,也遇到不少令人困惑之事。

大象与鳄鱼

象,是动物中的巨头,它体态庞大,步履缓慢,性情温和。到泰国旅游,可选择骑大象和观看大象表演的项目。别看大象四条腿粗得吓人,长鼻子拐来拐去很是撩人。人骑上大象,它倒是毕恭毕敬,听候人的摆布。大象迈开步子后,人骑在上面尽管被晃得左摆右摆,但还不至于被摔下来,倒有一副征服者的满足感。要骑大象的游客中大人、小孩都有,这项目还相当热门咧。

就如把大象作为一种象征做成工艺品那样,鳄鱼也作为泰国的标志被制成钥匙圈上的装饰物之类的纪念品。鳄鱼嘴长长的,牙尖尖的,表皮似盔甲,一副凶恶相。而当鳄鱼表演时,它让人骑、让人抱,那么听话;当人的手、头伸进它的大嘴里,它也毫无反应。它竟这么"乖"?可是,常带

骑大象很热门

鳄鱼表演有风险

团的老导游说,他不止一次看到参与表演的人的手被咬得鲜血淋淋。当表演者大胆地把头放进鳄鱼嘴里,有些围观的游客为表演者的勇敢鼓掌时,你认为应当鼓励吗?这不免让人想起古罗马竞技场内人们观看相互撕杀而欢呼的场景。展示这种"风险",于心何忍!

温顺和残忍就这样相伴相生吗?

偷拍与导购

任凭金沙岛边的海浪按摩了大半天,回到岸上,游客们忽然发现必经之路的地摊上摆满了精致的塑封过的照片。游客们惊讶:自己的形象怎么会留在这里?矮矮的泰国小伙子用生硬的汉语说是游客早上乘汽艇时他偷拍的,如果谁喜欢就付100泰铢取走照片,如不愿要就拉倒。确有游客见了那些照片嬉笑颜开,夸奖照片不错,因为平时摆好了姿势拍很不自然,于是爽快地付钱,要走了照片。也有游客指责泰国小伙侵犯了肖像权。还有游客说人家会做生意,采用的是"广种薄收"的策略,各取所需嘛。每艘汽艇乘坐20多人,总有五六人要照片,概率不算低。这也是"技巧"吧?

泰国导游也有其导购技巧,他们会根据游客的职业、层次等来"导"。我们这个教师团人员岁数偏大,泰国导游就会将景点和购物点搭配好。游客玩累了,到皮货中心、珠宝店、蛇药店等,在那儿可以转换兴奋点,可以稍做休整、积蓄体力,坐坐看看,了解一些商品知识,不想购物的游客也不会感到没收获。至于商店内的导购小姐不止说话和声细语,还很能为游客解说，带着你选购，直到你挑到满意的东西或明确回绝。但如果每天去的各个景点后都硬"绑"上"导购"，那也让人生厌、扫兴了。

僧侣与人妖

泰国是个佛教王国。"入乡随俗"，到泰国来的游客多要相当虔诚地到曼谷玉佛寺去叩拜。泰国的僧侣受人敬重。依照泰国习俗，泰籍男性在未成年前一般要出家做一次僧人，表示已届成年和报答父母养育之恩情，也为的是感谢寺院对家人、祖辈的照顾。

虽然泰国是个佛教国家，但该国也有不少国际红灯区。当地的女子

人妖现身

从事色情娱乐业不被认为异常，更不会被指责。至于男人"变身"为"女人"，成为"人妖"，也是"常态"。

到泰国旅游不看人妖"等于"没到过泰国，似乎终生"遗憾"。当你看到那人妖披金挂银、婀娜多姿翩翩起舞时，多会为精彩表演喝彩。但一想到那是男人，特别当你听到那形体苗条、容貌娇好、肤色白净的"女人"发出了粗重浑浊的男声时，心里或许又是另一番滋味。

（原刊于《自仪股份》1999年12月5日）

人性展示

造访俄罗斯东部海滨城市

我们从黑龙江绥芬河坐火车,两小时后抵达俄罗斯的格罗捷阔沃,再乘汽车直奔符拉迪沃斯托克。符拉迪沃斯托克位于太平洋阿穆尔斯基半岛的南端,临日本海。此城市依山而立,北部为高地,东、南、西分别濒乌苏里湾、大彼得湾和阿穆尔湾。城市及港区位于半岛顶端的金角湾沿岸。符拉迪沃斯托克是俄罗斯滨海边疆州首府、西伯利亚大铁道的终点,是俄罗斯太平洋沿岸著名港城和俄罗斯远东地区最大城市。

进入俄国境内,地势趋于平缓。广袤的大地、蓝蓝的天、青青的草、黄黄的麦、平平的路,如油画般浓郁。越往南,来往的白色小轿车越多。3小时后,眼前的山坡上出现了成片的住宅楼。约15分钟后,就看到我们国内曾在20世纪五六十年代出现过的无轨电车、有轨电车和公共汽车。这些车内人头攒动,因为坐这类车是免费的。这里市区内没见到摩托车、助动车或自行车,而私家车倒真不少。俄方导游介绍说这里平均每四个人中有一辆轿车,而且大多为日本、韩国进口的二手车,一般只要花2000美元就能购得一辆,当然还要执照费、养路费和燃料费等,但开销并不大。由于整个城市分布在山坡上,市内道路坡度较大,如果骑自行车就相当费劲了。尽管轿车多,但好多路是单行道,汽车都不鸣笛,爬坡时油门声也很小,整个城市给人静谧之感,树茂草丰更增添了城市的

红军战士纪念碑

安宁。

市内新盖的楼房一般为五六层，最高的在10层左右，形状都如直竖的方方正正的大面包。人行道掩入行道树、花坛、草地、树林之中，还有喷泉、塑像点缀其间，相当雅致。

吸引我们目光的是火车站对面公园内依然高耸着的列宁全身塑像。列宁一手拿着帽子，一手指着前方，精神抖擞。塑像前的花坛中盛开的鲜花鲜艳夺目。飘扬着俄罗斯三色国旗的市政府大厦西侧墙面上依然保留着苏联的国徽。解放广场上三组反映1917—1922年俄国国内战争时解放此城的红军战士的群像巍然屹立，塑像底座上刻的纪念性文字和镰刀、斧头党徽依然醒目，完好无损。

符拉迪沃斯托克军事历史博物馆坐落在船厂岸边。第二次世界大战期间，苏联太平洋舰队与德国法西斯在海上和陆上进行了殊死战斗。为纪念英勇牺牲的苏军战士，纪念广场中央常年燃烧着长明火，纪念广场的主体纪念物是S-56近卫军潜艇。这艘潜艇在二战中英勇善战，战功卓绝，共击沉德舰10艘，重创4艘。我们还瞻仰了远东苏维埃政权烈士纪念碑，那些可歌可泣的人物和事迹又浮现在我们面前。带领我们的俄籍男导游岁数不大，金发、白肤、高鼻，脸色沉重，颇为感慨地用中文说："那些年，我们炼了啊，但钢铁没有炼成！"这句话久久回响在我的耳旁。

给我们留下深刻印象的还有当地的人。在街头、商店、车站、海滩，在不同景点我们遇到各类人群。高挑的姑娘、发福的妇女、健硕的小伙、漫步的老头，他们的举手投足、神态谈吐都相当有涵养、有风度，从没看到互相争吵或大声喧哗。在我们居住的海鸥宾馆门口，摆冷饮摊的老妇体态较胖，衣着鲜艳，抹着口红，与中国游客打交道卖冰激淋时不卑不亢，没生意时，她坐着翻阅一本精装的厚书。我进出宾馆好几次，碰到几个五六十岁的老人都对着我用中文连声说"毛泽东，毛泽东"，友好之情溢于言表。那天我到海滩边散步，见到当地的男女老少在海滩上尽情地享受阳光的抚摩、海水的温存。我想拍照留个纪念，刚好身旁有位俄罗斯女青年走过，我请她帮忙，她微微一笑，摆摆手意为不妥。我再请一位中年男子帮忙，他爽快地为我拍了，我即谢谢他，他用中文回答："不用谢。"我看到一位中年妇女坐着看书，我想给她拍，她马上说"Нет"（意为"不

海滩留影

行")。我请她帮我拍,她倒同意了。"喀嚓"一下后,她又示意我的头发被风吹散了不太雅观,并再给我拍了一张。后来我看到印出的那张照片,取景角度、我的神态、姿势都抓拍得不错。

　　但也有令人遗憾的事。我们从格罗捷阔沃市下了火车在树荫下等候大客车时,两个七八岁的俄国小男孩毫不客气地向我们正抽烟的同事要香烟。一个穿着中式解放鞋的男孩要了一支烟后还要用打火机。我们同事对他说"小孩不应抽烟",可出于同情和礼貌还是把打火机借给了他。没想到,那男孩拿了打火机扭头就快步逃了。在一家珠宝店门口,我们又碰到其他小孩要香烟,这几个穿着很破烂。当我们拒绝他们后,其中一个竟用玩具手枪射我们,打出的小石粒还蛮痛的。晚饭后,我与同行的老师在旅馆附近散步,两名手持冲锋枪的士兵拦住我们,要我们撸起袖子给他们看,我们莫名其妙地照办后被放行了。回旅馆后导游告诉我们那是在查吸毒者。

　　当我们乘车离开俄方边境关口时,正逢几辆坐满俄国妇女的大客车从中国返回。每辆客车的后半部全被大包塞满了,那车真可谓满载而归的货车了。简直不敢相信这些妇女有提拿一个个如写字台般大的蛇皮袋的力气。只愿那些包内的中国货能给俄罗斯的男女老少带去幸福,给符拉迪沃斯托克这座不平凡的城市带去兴旺。

　　(原刊于《自仪股份》2000年9月5日、20日,原标题《品读海参崴》)

多彩多姿的海明威故居

美国著名作家海明威的这所故居位于美国佛罗里达州迈阿密的西礁岛上怀特海大街907号。海明威住到此处是1931年的事。如今，这里成为海明威博物馆。来此拜访，可从多彩多姿的故居，感受到他有滋味、有爱心、有活力的非凡、丰富人生。

有滋味

故居主体建筑为一幢两层小楼，坐落在棕榈、紫藤、凤尾竹、美人蕉等热带植物簇拥的园林中。修长、摇曳的翠绿芭蕉叶似乎要抚摸每个来到园中的人。奶黄色的墙面，深黑色的房檐、支柱、围栏，半圆的百叶窗、方正的房型、色彩鲜明、风格典雅。

起居室的家具是从巴黎买来的。双层橱柜为17世纪西班牙式，用切尔克斯胡桃木制成。主卧室中两把被称为助产婆和产妇的椅子来自西班牙，主餐厅餐桌是18世纪西班牙式，餐桌中的饰品如陶瓷、雕塑则来自意大利威尼斯，早餐厅中有美国式冰箱、葡萄牙式瓷砖、西班牙教堂执事的长椅。各式各样，可谓琳琅满目。

各个房间墙上挂的照片，真实反映了海明威一生丰富多彩的经历。他出生在美国伊利诺伊州，成年后到加拿大多伦多做记者，当过红十字的救护队员，一战、二战中上过炮火连天的战场，也去过野兽出没的非洲，在墨西哥湾捕过大金枪鱼，在阿尔卑斯山滑过雪……照片上有他四位妻子，前三位与他先后离异，最后一位陪他走完了生命的旅程。

花园中一池碧水，十分诱人。这个65英尺的泳池，是西礁岛的第一个私人泳池。据说是海明威计划修建的，可西班牙内战爆发了，作为战地记者的他必须舍此奔赴战场。他的第二任妻子监造了这个泳池，花了两万美元。当海明威从前线回家后看到这超支的总费用，目瞪口呆，无奈又风

树丛中的故居主楼建筑

趣地从口袋里掏出一个便士,说:你索性把我最后一个便士也拿去算了。可谓哭笑不得、五味杂陈。

波折起伏、颇不平静的人生经历给海明威带来酸甜苦辣,让他迷茫、反思、咀嚼,也为他的创作积淀了素材。

有爱心

此故居的另一大看点是海明威喜欢的宠物猫。这里有在园内自由走动的猫、爬上桌椅的猫、睡在床上的猫、照片中的猫、明信片上的猫、成为雕塑品的猫,就是没有关在笼子里的猫。据说园中共有40多只猫,也有说有70只猫,其中一半是六趾,个别还有七趾的。现在这些猫,都是海明威在此居住时所豢养的猫的子孙。

故居内卧室和床上的猫

　　第一只六趾猫是在西礁岛酒吧与他相识的老朋友、马萨诸塞州一艘救捞船船长斯坦利·德克斯特送给他的。海明威给它取名"白雪公主"（也有称"雪球"）。主餐厅他几位妻子的照片旁，有他第二任妻子生的两个儿子帕特里克、格雷戈里的像，格雷戈里抱着的就是那只"白雪公主"。

　　海明威怎样爱这些猫？以下事例可见一斑：每只猫不管大小、颜色，都有名字，都有兽医照料。园林中设有专门的饮猫池，那水槽来自海明威常去的"邋遢乔酒吧"，水槽修饰精美，上面贴了很多花纹瓷砖，还用取自古巴的橄榄瓶装点。主卧室双层橱柜上放着毕加索送给海明威的雕塑猫。它是卡通式的，撑着两只前爪站立着，一爪是红的，一爪是黑的，猫头也是半红半黑,外面还用玻璃罩包着,看来很受海明威喜欢。更重要的是海明威在自己的遗嘱中对这些猫作了安排,猫是这里的主人,可以享有一切,可以嬉戏,可以寻欢,可以思考,它们不是供人欣赏的展品,是主人,是海明威生命的延续。海明威曾说过:"猫是最善良的,最忠实的伙伴。""有一只猫,就会有另一只猫。"

"一只""又一只",生命力强啊!这充分体现了海明威对世间生命的炽热真挚的爱。热爱生命催生、激发了他的创作灵感,因而也可理解他为何能在意大利、西班牙战火中抢救伤员,为何深沉地呼唤:"永别了,武器!"

有活力

海明威最大的活力表现在写作中。

为了排除外人干扰,他从巴尔的摩运来地砖,绕着居所砌了一圈墙。他的写作场所并未安置在引人注目的主楼,而设在被叫做马车库的二楼,其实是储存东西的库房。海明威在主楼老厨房外的阳台围栏上开了个小

写作间的打字机

门,搭了一个直通库房二楼的狭窄通道,这样他早上吃完早点就直接进入安静的写作间,闭门工作了。室内陈设保持着当时的原样:木制褐色圆桌上一台陈旧的却源源不断产出佳作的黄家牌打字机,古巴制作的硬板椅子,还有一些记载他经历的纪念品。这些细节和物品足以说明他注重效

率，尽可能地把精力注入写作中。

海明威的写作特色是简洁，但决不敷衍马虎，而是认真严肃的。他每天早上6点多起床开始写作，一直写到12点，近6个小时。每篇稿件修改多次，先把前一天写的读一读改一改；全篇、全书写完后，从头到尾改一下；初稿请人誊清后也要看一遍，改一次；最后清样出来，再改。如《丧钟为谁而鸣》初稿写了17个月，清样出来后连续修改花了96小时，因为他主张"去掉废话"。

这个多彩多姿的居所，为海明威在生活和工作中发挥个性与活力拓展了空间。在这个毫不起眼的"库房"，充满创作欲和活力的海明威为人们奉献出了《午后之死》《非洲的青山》《胜利者一无所获》《丧钟为谁而鸣》《乞力马扎罗的雪》《弗朗西斯·麦康伯短促的幸福生活》等著名作品。多么富有含金量的精神食粮啊！

1953年，海明威以《老人与海》一书获得普利策奖；1954年，他又以此书夺得诺贝尔文学奖。2001年，海明威的《太阳照样升起》与《永别了，武器》被美国现代图书馆列入"20世纪 100部最佳英文小说"。他独特的创作风格在世界文学史上占有重要地位。毫无疑问，这是海明威多姿多彩人生中最靓丽之处。

德国的环保行动

2011年夏季，我到了德国很受震撼的是那大片绿得发黑的树林、绿得醉人的草地。据在德国十多年的导游说，政府有规定：土地必须由草木覆盖。我们一路观光，除了施工的地方和乡间小道偶尔露出些土外，几乎没有直接见到土。白天在外一天，感到空气清新，回家看衣领、鞋面，没什么灰尘。

为何德国的环保搞得这么好？我们观光者不是专业人士，但也会有意识地从如何控制污染能源、如何搞好垃圾分类、如何让普通国民落实行动方面向导游发问，并有意识地去观察。

一路上，我们看到田野上一排排高耸的风力发电的风扇，圆的、方的、棱形的都有；农村房舍上排列着淡蓝色的太阳能硅片。在宝马和奔驰汽车总部的展示厅里，也能见到清洁能源的新款汽车。德国国民常建议

高速路两旁成为风电场

政府发展风电事业,限制核能。据《德国世界报》介绍,1998年德国就成为当时的全球第一风电生产大国。

途中加油站小憩处,都有小超市。导游告诉我们买了饮料,每退一个瓶,返还2.5角(欧元),而且操作很方便,只要把瓶子放入专门的机器,那机器会自动扫描,然后马上兑现现金或现金抵用券,这显然是鼓励回收瓶子,达到环保的目的。

在这类小憩处,汇聚了各种车辆和人员。我看到有好几辆轿车的主人拉开车的后盖箱,搬出啤酒、食品吃起来了,但吃完后,他们会把要处理的垃圾分类放到不同颜色的垃圾桶里。据说,德国从20世纪初就搞垃圾分类了。

在小镇、在城市,都能看到并排放置的蓝、绿、黄、黑的分类垃圾桶。绿桶,用来装所有的食物残渣、花园树木剪下的残枝、草坪割下来的草,即所有的生物垃圾。蓝桶,用来装各种废旧报纸广告等。黄桶,装所有的食品塑料包装物、饮水瓶子、金属易拉罐、日常废旧塑料等。黑桶,装不属于上述垃圾的不可回收垃圾。之所以不用红色,是考虑到让色盲者能够辨认。另外,每隔几条街,有专门的垃圾桶回收各种玻璃瓶子、家具电器的丢弃,且必须在政府约定的时间段,由专人来收取。丢弃时不能在晚间人们休息时,不能发出噪声。政府方面的规定是:实行分类垃圾管理的垃圾管理费只有不分类垃圾管理费的四分之一。中小学校也对学生进行垃圾分类的教育。如果乱扔垃圾,就会遭到周围邻居的非议、劝说,甚至责骂,再不实施,就会受到罚款。方方面面的措施落实,促进了国民养成此种垃圾分类的习惯。如今这种人性化的制度成功实施了30多年。

如此深入人心、充满人情的环保行动对我们不无启发吧。

守规矩已成习惯

德国人"死板"地守规矩,早有所闻。到了德国我感受更深了。

在慕尼黑下了飞机上大巴,中方导游就指着高速公路说,这里不限速,因为德国人很守规矩,开车不会超速,也不会乱停车。进了市区,马路上有有轨电车和其他车辆,但其他车辆都为有轨电车让道。还没到景点,德籍司机就停车了。导游知会大家,景点门口不能停车,麻烦大家步行1000米,这是没法商量的。好在沿途有不少观赏之处,大家也不在乎。

去阿尔卑斯山的"鹰巢"那天,天气晴朗,游客如织。我们乘坐固定的巴士到半山腰须换乘景点的紫红色专线大巴。盘山公路曲曲折折,但

在规定地方停车

规定的自行车道

路面平整,车道并不宽,到一定的开阔地,我们的车让开车道,让下山的车一辆辆先过,很有秩序。到了车站终点后,还要走过一个隧道,乘几分钟电梯才能到海拔1800多米的"鹰巢"所在地。这一切都很顺利。在饱览了"众山小"的美景,品尝了闻名遐迩的德国啤酒后,规定下山的时间快到了,尽管山上的景致还没看够,但发现乘电梯下山的游客排起了长龙,而且进度缓慢,所以必须抓紧下山。我们团队大部分人总算赶上了下山的班车,但还有几位老人不见踪影。导游也很着急,他与德国司机商量能否晚几分钟开车。事后他说他心里明白这话等于白说,发车的时间是铁定的。那几位老人事后也说,他们动作比较慢,又不能插队破坏排队的规矩。这一等,就迟了半个小时,导致后面景点的游览推迟了不说,我们原本乘坐的巴士司机的工作时间也就相应延长了半个多小时。而德国规定司机每日工作时间是不能超过12小时的,超过时间就要加倍付酬,这也是没商量的。这一下,让我们都领教了。

在普通德国民众中,规则意识也都很强。那天我走在柏林市中心居民区的马路上,忽然听到后面有自行车铃声。回头看到一个戴头盔骑在自行车上的高鼻梁男士正向我作手势:摇摇手,再指指马路地面。顺着他手指方向看地面,那是一个自行车图像。原来我"犯规了",误走在规定的自行车道上,挡住他正常行驶了。我立刻回到紧靠一边的人行步道。此时机动车道和人行道上都无人、无车,四周也无摄像头。那位男骑手向我点点头,就自在地在自行车道上骑向前方。

在麦琴根的服装大卖场,我又长了见识。在出入口,有许多供顾客使用的小推车,那式样与我们国内大卖场常看到的一样,不过国内有专人负责把顾客随手使用后散乱停放的手推车归拢在一起。在德国的这个商场门口的座椅上,我坐了约一小时,没发现任何管理人员管这些手推车。顾客川流不息,那些说德语的顾客用完手推车后,都自觉地把它推进由栏杆围成的通道,一直推到前方已镶嵌成一列的那辆后,轻轻地靠上才离开,毫不厌烦。与己不麻烦,与人更方便,他们习惯成自然了。

在柏林机场离境前,为了应对严守规矩的德国人,我们每个人都做了充分准备,因为我们明白托运行李是一关。可囿于常规思维的我们还是在严格的规矩面前碰了壁。一是我们只注意了托运行李的限量,没有注意随身携带的行李也有不超过7千克的限定。二是对液体的把握不准。有人在随身行李中放了一瓶蜂蜜,被认定是液体,一定要托运。我因匆忙,忘了把杯子里的水倒掉,毫无疑问被查出。我照他们要求跑了一段路把水倒在规定的地方,以为可以过关了。没想到,那位女检查员,还是示意要我把那只杯子拿过去,她再查看里面是否存有超过规定的水量。我没感到不快,而是被其守规则的敬业精神感动了。

这就是守规矩形成"规则意识"、融入日常人情的德国人。至于这是怎么炼成的,需要另文专述了。

(原刊于《老年文艺》2012年6月,第43页)

日本人精于危机管理

初到日本，走了大阪、京都、横滨、东京等地，环境整洁、人人有礼，给我留下了深刻印象。更让我震撼的是日本人实施着良好的危机管理。

我去过亚洲、欧洲好些大都市，独有日本城市街头银杏树多、齿科诊所多。初看这两件事没什么联系，但听导游一介绍，觉得还是有关联的。日本是唯一一个遭受原子弹轰炸的国家，在广岛等遭受轰炸的地方，最早发芽的树是银杏树。日本人进一步研究，发现银杏有较强的修复人神经末梢的功能。于是战后，日本到处种养银杏树。这是饱受原子弹伤害的民族敏感的、自助性的预防措施。至于齿科多，并非日本人牙齿天生不好，而是他们特别爱护自己的牙齿，他们讲究洗牙，以防结石，而牙结石问题是日常刷牙解决不了的。日本人均寿命超过80岁，牙齿保护得好是一个重要原因。导游说这叫"东洋医学"，也叫预防医学。可见，日本人防患于未然的意识非常强，并且落实行动。

日本人这种意识、行动的形成与其国情有关。日本国土面积不大，资源不多，有1亿多人口，而且多地震、火山。先天条件不够好，反而激发国民多方努力，精于防范性的危机管理。

为了防范地震，日本住房不是很高，材质有韧性。高架路桥的支柱不是用水泥制成的，而是用钢材，并且关键部位有铁链相连。走进日本城市中的公园，发现都立有写着防火水槽的牌。规模稍大的公园建有小型仓库，里面放着发生地震等自然灾害时避难用的物品和设施。

在东京都厅大厦观光厅俯瞰市容时，导游指着一幢楼告诉我们，那是危机管理机构。我们现在看到的是地面的东京，高楼上的平台标有"P""H"的都是地震时直升机停靠或放软梯救人的地方。除了空中急救，还有地下救护。东京地下还有一个"东京"：地下还有数层，有5000多个避难所，藏有食品、水、药品，还有简易厕所等。每户住家都备有应急物品。

左：运用漫画增强国民危机意识；右：防危机宣传

我们坐大巴沿路每隔一段就可看到写有"非常电话"的牌子，那显然是危急情况时打电话之处。在路旁的护栏和住房的某些窗口都标有红色的"▼"符号，我们猜不出是什么意思。导游告诉我们那是地震、火灾时可打破的通道。在人多的地方竖起的大幅警示牌上写着地震时的疏散路线，如何使用应急设备、应急电话，还配有漫画。到了宾馆，每个人都能看到标有绿色箭头的安全通道。自由活动那天，我无意中走进免费的警察博物馆，那里有一台台供参观者选看的电脑和设计成游戏式问答的视频。内容有防偷、防盗、防交通事故，也涉及防灾的。好几个大人陪着孩子在看。这样生活化、人性化的教育潜移默化地让全民增强危机意识并付诸行动。

难怪，日本近年发生较大地震伤亡都不多。俗话说"不怕一万，就怕万一"，怕是没用的，这是人之常情，因为内含着人之常理。

只要人人、时时、处处落实危机管理措施，"万一"来了，也能从容应对。

乘法国TGV高速列车

从法国南方的尼斯到巴黎的TGV是著名的高速列车。由于鲜有与普通法国人面对面坐在车厢的机会，上了列车，我没太关注列车设备的先进、高档，运行的快捷、平稳或环境的舒适、优雅，而是格外注意观察周围法国乘客的言谈举止。

坐在我对面的是一对中年夫妇，男士高大健壮，上车后就拉开靠窗的可折叠的小方桌，摆上啤酒，喝了起来。女士高挑端庄，戴着眼镜，坐稳后就拿出书来看，颇为优雅。坐在我右侧的一个约十来岁的胖男孩叫他们爸爸、妈妈。男孩不时摆弄着手中的游戏机。大约过了20分钟，戴眼镜的妈妈轻轻地对儿子说了几句话。胖男孩脸上露出些不开心的神情，可还是把游戏机放进了书包，然后拿出一本书。我看到那是一本配有图画和选择题的法文写的儿童读物。母亲递给儿子一支笔，儿子看看、勾勾画画。

法国高铁

这时，穿制服的检票员过来，要我出示护照、车票。查验后，坐我对面的男士就和我打招呼，他发现我不懂法语，指指我的护照，示意要看看。看他友好的样子，我也不介意地给他看。他一看，睁大眼说："Shanghai？"我笑着点点头。他立即把手举到眉际，又向外一推，一个很帅的敬礼动作："Welcome to Paris."我读过都德的《最后一课》，知道法国人对法语的钟爱，没想到他会如此敏捷地用英语表达他的友情，连忙说："Thank you！"

这时，一个小孩的叫闹声吸引了我。在我斜对面的座位上坐着一位

小男孩的手指在电脑上拨动

二十来岁肥胖的妈妈，身旁的小男孩约两三岁，黄头发，绿眼睛，标准的洋娃娃模样。小男孩特别好动，站在座位上，两手拨弄着车窗上的挂帘。妈妈爱嗔地打着他的小屁股，他叫喊起来。于是年轻妈妈从包里拿出一台手提式小电脑放在他面前的桌面上，还放进了一张光盘。小男孩立刻坐下，手指灵活地在键盘上敲动着，目不转睛地盯着屏幕。过了一会儿，妈妈大概怕小儿子饿了，拿出饼干，但先在他脖子上围了一个天蓝色的橡皮质地的围兜，围兜的下摆带有凹槽。小男孩吃饼干时碎块、小屑全落在凹槽内了。等孩子吃完后，妈妈小心地把凹槽内的碎屑倒在自己手中，然

后放入座位前小方桌下的黑色带盖的小箱里。我这才注意到那是个废物箱。小男孩对面一位女乘客喝完一罐可乐、一瓶橙汁竟使劲用手把可乐罐、橙汁瓶挤压成扁平状态，一起装入废物箱。小男孩吃完点心，又坐立不定。他发现桌下的废物箱，一个圆圆的塑料盖半露在箱外，就使劲去挤入箱内，可他力气太小，箱内东西太多，盖子挤不进去，他一次一次地挤压，那么执着、认真。妈妈见到了，略耸耸肩，弯下身把盖子挤进去，盖严了。小男孩也咧嘴笑了。

  巴黎快到了。旅客们各自把座位前的小方桌擦干净，折叠好，车厢内干净如初。我座位前的男士起身示意和我告别，我也站起来，与他握手，说："Welcome to Shanghai！"

  （原刊于《老年文艺》2013年9月，第64页）

"爱"司机好逗

从英国的苏格兰进入另一个国家爱尔兰要乘邮轮，我们乘坐的大巴司机要换班了。导游趁新司机没到的机会，与我们打招呼，说新司机是爱尔兰籍的，依导游本人多年的体会，爱尔兰人蛮"好斗"的，言外之意要我们每个游客注意处理好与新司机的关系。

离约定发车的时间还有约15分钟，一辆黑色轿车开到我们大巴的左前门口。一位身高超过1.90米，戴着眼镜，打着领带，穿着挺括衬衫、西裤、马甲的男人，拿着公文包走上我们的大巴。他帅气又斯文，似乎没有什么"好斗"的征兆。我们的导游主动上前与他联络，代表全车游客欢迎他。他也寒暄了一番，来到司机座位。那双有神的眼睛一下就盯上了司机座位后第一排秀丽的上海姑娘——我们的领队小洁，并用顺溜的口音说"你笑样，我爱你"，说完主动伸手拍拍小洁的手背。"好大胆！"我们几个坐在前排的"驴友"立马产生了这样的第一反应。没等我们想好应如何表达和应对，女领队小洁却很沉着、得体地对新司机微微一笑，又面向我们"驴友"介绍："西方大多数成熟男人见到中国姑娘都会用不流利的中文说'你漂亮，我爱你'。这是问候语。"原来"你漂亮"被念走样成了"你笑样"，小洁显然不是第一次被这样问候过，至少她不认为眼下新司机的行为越轨好斗吧。"那我们就叫他'爱'司机吧。"我随口蹦出一句，因为这既是爱尔兰的简称，又能概括他喜欢谈"爱"的性格。"好啊。"好几个"驴友"均赞同。"OK！'爱'司机。"导游笑着面对着新司机。"OK！"新司机似懂未懂地附和着，至少他明白我们是善意的。

"爱"司机又查看了一下司机位前的仪器、方向盘等，没什么问题了。他从公文包里取出iPad，指着屏幕上的一位烫发、穿黑衣女子的照片对我们前排游客说："My wife"，表明他是有妇之夫；他滑动手指亮出下一张照片，是位戴黑绒高帽、穿大红军服的军人，又拿出一张印有残疾人轮椅车图标的证件,指了指自己的左手腕。导游看出来了,对我们全体游客说:"我们的新司机曾是皇家卫队的成员,左手腕受过伤。""爱"司机笑了,点点头。我心想,看来他颇有来历,很可能曾是个"斗士"。我们中一位来自郊区的"驴友"急着问:"您有几个孩子?"导游翻译给他听后,他笑了,双手手掌侧向上、无力地抬起,显出无奈的样子,说了几句英语。导游解释说他没有孩子,但他很努力,这几天就会有结果的。"爱"司机又滑动屏幕,出现了排成两行1号大的汉字,第一行写着"我见到你",下一行写着"你有麻烦了"。他看着我们几个迷茫的神色,狡猾地咧嘴笑了。干过外贸工作的"驴友"连忙向我们解释,他的意思是这几天中他会碰到意中人,会有艳事,会给某个人造成"麻烦"的。这简直是在"宣战",我们几位中老年"驴友"连连摇头。

　　正当我们沉浸在不安之中时,大巴发动了。"爱"司机早已稳稳地在座位上,系上安全带,双目注视正前方,双手紧握方向盘。我们的车平稳地启动、上路,然后上船。靠码头后,大巴把我们送往都柏林的宾馆,在

爱尔兰首都都柏林街景

此行程中司机一言不发。当然，我们"驴友"也不与他搭讪，生怕惹事，让"好斗"的爱尔兰司机给大家带来麻烦。

到宾馆时该吃晚餐了。"爱"司机从公文包里拿出一双筷子笑眯眯地给我们看。搞外贸的那位"驴友"说，他在告诉我们他习惯吃中餐，暗示他可与中国人相处。可我心里在想，这个爱尔兰人大概又在为搞什么新"进攻"做铺垫吧。

吃过晚饭，我们到大巴旁准备取大件行李，照例司机应在车厢下方帮旅客递送行李，可那位"爱"司机并没有出现。"他又出新花头了？"我们几个着急回客房休息的老年人不免嘀咕了，"他喝酒，醉了吧？"正在此时，导游到了："各位，直接进大堂领房卡吧。你们的行李已由司机帮你们拿进大堂了。""什么？这'爱'司机，做雷锋了！"我们几乎不相信自己的耳朵。原来这位司机在我们下车后先独自帮我们卸完行李再去吃饭，看来他挺理解游客心情的，是给他自己找的"麻烦"，我们冤枉他了。

第二天开始的行程中，每当我们游玩一个景点后上大巴时，"爱"司机都会站在车门外，笑眯眯地哼着小曲迎接我们。尽管我们"驴友"特别是女士们还不敢主动与他交流，但也都以微笑回应。

在都柏林最后一天的早上，"爱"司机与我们几个"驴友"一起较早来到餐厅门口，想吃完后再次检查行李。可规定时间到了，门还关着，大家只能无语地等待。"爱"司机主动与我们交流，他说："Today is last."同时他用右手捂着自己的胸口。搞外贸的"驴友"心领神会，说他的意思是今天是与我们相处的最后一天，他恋恋不舍。可眼下我们关心的是快开门，让我们吃早餐。"爱"司机看出我们的心思，马上摆出用拳头击、用脚踢的姿态，俨然是好斗的动作。巧的是，门果然开了，我们顿时释然。他又笑眯眯的，显然他表达了我们那时段说不出口的先焦急后又宽慰的心态，真与我们游客往同一处想啊。人在旅途，不正需要这样心灵相通的人吗？

"爱"司机，您不是"好斗"，而是好动、好客、好幽默。真的是"好逗"，我们"驴友"喜欢您，爱您这个司机啊。

暹粒之伪自助游

到柬埔寨的暹粒，一个语言不通、曾经饱受战争创伤的国家去自助游，我起初犹豫，因为虽然费用低了，但没导游带，麻烦可能会多。后来我另选择了一个旅行社，其游程上写明只有两天是自由活动，而且安排在行程活动的最后两天，我想还是可以接受的吧。

游览的第一天下午，同行的游客中有两位年轻的女白领就主动向我和另一位50多岁的男同胞柳老师试探式地提出建议：后期的自由活动可以结伴而行。她们主动介绍了她俩各自的工作单位，又拿出她们设计的自由行活动内容，并说这是经过已来过的朋友推荐、网上调查，并由本次带队导游认可的，优点是省钱，又能相当自由地去游览团队不去的景点。我与住同一客房的柳老师也去请教了本次带队导游，得到确认，接受了两位女白领的建议。

那天一早，女白领从网上联系的车按时到达我们住的酒店门口。这是当地人的私人车队，兄弟俩搭档，矮个的哥哥开轿车，高个的弟弟开"突突"摩托车。考虑到路程较近、速度快，就坐"突突"。上了车，两位女白领拿出两本关于柬埔寨景点的书，主动向我们介绍了相关的四五个景点。一天的车费是15美元，四个人平分不到4美元，而团队安排的坐大巴一人一天游两个景点就要15美元，显然自由行划算。到了实地，与预先了解的情况基本一致，值得一游，路线也选择得不错。

吃饭怎么办？先请教司机，司机的英语夹杂着柬埔寨和法国口音，女白领的英语比我们强多了，听明白了司机的话。于是她们就找菜单上画有图形的饭店或有较多华人已在用餐的店。果然，她们点的菜和主食色、香、味俱佳，午饭吃得相当满意。可到下午5点多时，两位女白领却说要去市场购物，还说是她们的"任务"。我们很烦去商店，不愿去商店消耗时间，于是只能道别。

崩密列废墟也是景点

明明知道我们两个老头只会"哑巴英语",难以与当地人沟通,但她俩说走就要走,只是向我们指了个方向,说这个方向有饭店,那个方位是我们的住宿点。她们怎么这样?再一想,她们没有与我们订"协议"或要"全程同行",她们完全有选择权,我们没理由指责。接下来,我们不能对不起自己的肚子了。硬着头皮,我们找了一家宽敞明亮的饭店,找来有图标的菜单,总算把菜、饭定下了。由于菜单上的标价是柬埔寨的"瑞尔",

柬埔寨美食插有图标

我们怕出问题，就伸出五个手指说："Five."那位柬埔寨男服务员点了点头，我们想他肯定确认是5美元了。可没想到端上来了五盘菜，其中有两盘我们没点。我们一个劲说"No, no"，那个服务员也说"No"，显然他的意思是不让退。既然来了，就多吃点吧，五个菜中，我们自选的味道确实不错，那两个没点的实在不好吃。等到账单上来，把我们吓了一跳：13美元。我们几乎要发火，可说什么他们也不懂，更不要说去投诉了，只能自认倒霉。

回到酒店，打开自己的数码相机，看看一天尽情拍下的照片，还是很满意的。因为这一天我们去的景点多，游人少，可尽情玩、尽兴拍。这样一想：有失也有得，火气也消了。

返程回国那天，两位女白领竟嬉笑着问："饿着你们两位大叔了吗？"此时我和柳老师心里都已明白她们那天邀我们的原因一是可以省车费，二是可以帮助她们拍照，三是有"陪客"和"保镖"；当然我们那天也有了引导者，有了翻译，大家各有所得，基本上可以说共赢。既然她们现在又显示些许友好，于是我很绅士地回答："谢谢关照。这样自助游有点意思。"她们却又冷冷地笑着说："你们那样算不得自助游，是伪自助游，你们还是靠我们帮忙设计、引导、安排的呀。"她们这番话应当说是正常的人情、人性的表达。我哑然失笑了，只能怪自己没有做好功课，以后一定要自己"用功"了。

"一米线"的遭遇

在公共场合，人与人之间要保持适当的距离，在银行、邮局、商店或其他办事机构排队时，为尊重个人的某些权利，就有"一米线"的通行规则。然而，我们有些人这种规则意识并不强，操作并不顺。本人在加拿大探亲时的某些见闻中，对此颇有感慨。

在热门旅游景点，人流如织、摩肩接踵。我耳边就不断有"Sorry""Sorry"的轻微声。可我并没感到有人碰到我，回头看四周，确实有好几

圣三一学院图书馆内的一米栏

个老外。别说他们之间,就是他们和我也至少有两三个手掌的距离呢。我不解地问我亲戚这些老外如此"sorry"的原因。噢,原来他们或是想要超过你前行,或是为难以保证合适的社交间距而"打招呼"呢。

到大型超市购物,我避开了高峰时段,顾客很少。等我选购好物品去付款时,发现结算付款处一位中年女收银员前没人。我心想,太好了,不用排队了。我赶紧走到她面前,要把物品放到收银台上去。她对我微微一笑,手指着她身后一米开外的围栏,说了几句英语。我听不懂,但我顺着她手指的方向看去,那儿已站着一位推着满满购物车的老外妇女了。我恍然大悟,那妇人看我抢在她前面,就安然地走到一米线外等着了。我马上点头示意,走到那妇人后面去,暗暗责怪自己没有"一米线"意识。

外出时间一长,难免要解决内急问题。那次我们几个去一家热闹的商场。我从男厕所出来后为等家人,就在女厕所门口站着。不一会儿,一位老外老先生过来了,站在我身后。我估计他也在等进女厕所的家人。又过一会儿,一个老外男孩过来,也站在那老人之后。我不免纳闷,恰好我亲戚来了,那小男孩就与我亲戚交谈起来,然后那老外一老一少就耸耸肩,走进厕所去了。我亲戚马上拉着我走开并轻轻说:"啊呀,你站的位置不合适啊!""怎么又不对了?"我一头雾水。"你站在厕所外一米线的地方,老外以为上厕所的人多了要排队哪。""唉呀!"我捶打着自己。那一老一少是在遵行"一米线"规则,我却在无意中误导了他们。

我体会到了:保持适当距离,遵守"一米线"规则,不但要有主动意识,还要会合理、恰当地操作,使之常态化,更富人情味。

后 记

我是怎么乐意走出家门游走异国他乡的呢?

我小时候住在上海瑞金二路与复兴中路交叉口附近的街面房,朝西面对一片绿荫围绕洋楼的大花园,即现今的瑞金宾馆。我天天在阳台上,甚至爬上我家三楼楼顶遥望那大草坪、高树林、洋楼群,观察它们各自的变化,可就是不能走近、走进。看啊看啊,只能空想,我想象变换了角度、距离后那些充满异国情调的景观。"文革"期间,我曾和卢湾中学几位同班同学结伴走出家门徒步上北京,这才有机会投入了大自然的怀抱。跨过长江、黄河,攀登泰山、长城,瞻仰人民英雄纪念碑、天安门等壮丽景观,我开始体会到了近距离接触而开眼界的好滋味,并暗暗下决心,要走得更远。这多少促成了我高中毕业时主动报名去黑龙江。到了黑龙江生产建设兵团,在兴安岭的欧根河畔一干就过了近十年。期间我克服了离家移居、水土不服的困扰,适应了长年在外的生活状态,品味了当地的风土人情。大学本科毕业入职后,每年的寒暑假有了时间当"驴友"。旅游让我把自己的所学、所读、所观、所思融合起来,心境打开了,身心放松。这正是人生的美好时光啊!

我们都生活在同一个地球村,应该充分享受地球人在地球各处游走的权利,饱览美丽地球日新月异的景致,让心尝鲜,让心丰润,让心愉悦,让心飞扬。作为终身教育系统的语文教学工作者,喜欢动笔的我又很自然地把旅游的点滴粗浅感受记录下来,并在不同的媒体上发表,让人品尝,让人思索,让人快乐,也是应当履行的义务。

感谢为本书作序的上海大学教授、语言学家钱乃荣先生,感谢辛勤工作的编辑,感谢我的家人。

叶 康

2020年6月5日